De garnalenpelster

Van Nilgün Yerli verscheen eerder bij De Arbeiderspers:

Turkse Troel (columns)

Nilgün Yerli

De garnalenpelster

Uitgeverij De Arbeiderspers · Amsterdam · Antwerpen

Eerste druk maart 2001
Tweede druk maart 2001
Derde druk maart 2001

Omslag: Nico Richter; foto: Nilgün Yerli, negen maanden oud

ISBN 90 295 5636 6 / NUGI 300
www.boekboek.nl

Voorwoord

Nilgün Yerli ken ik een jaar of vier. Ik ontmoette haar voor het eerst in het radioprogramma *Music Hall* van de VPRO, een onderdeel van *De Avonden*. Zij las daar voor, ik las daar voor. Literair variété. Ik vond haar verlegen.

Nilgün Yerli is echter niet verlegen. Wel bescheiden, maar niet verlegen. Dat merkte ik kort daarna, toen ze me vroeg of ik teksten voor haar wilde schrijven. Ze dacht aan een soloprogramma. Haar doel: Carré. Vond ik een goed plan. Ik ben van mening dat je altijd hoog moet inzetten.

Ze woonde toen nog in Haarlem, in een huis dat uitzag op een rivier. Het eerste dat ik voor haar schreef, handelde ook over een rivier. Ik ging regelmatig naar haar toe om teksten te brengen of door te spreken. Ik rookte toen nog aan één stuk door. Bovendien waste ik mijn handen in haar keuken. Nilgün vond dat allemaal huiveringwekkend, maar ze zei er niets van, want ik was gast in haar huis. Gastvrijheid is haar heilig. Net als vriendschap.

Je handen in de keuken wassen, dat doe je niet. Net zoals je geen kalender met daarop de namen van je dierbaren op het toilet hangt. Net zoals je je neus niet in gezelschap snuit.

Het is heel goed met Nilgün bevriend te zijn. Het leven wordt er rijker door. Voller ook.

Ze heeft het erg druk. Ze draagt altijd een dikke agenda met zich mee en een stuk of wat mobiele telefoontjes. En ook herinnert ze zich voortdurend dingen die ze bijna vergeten is. Het is allemaal tamelijk onrustig. Ook als je thuiskomt en het antwoordbandje afdraait. Nilgün heeft een vraagje en praat vervolgens het bandje vol, in het Gronings of Surinaams.

Vaak vraagt ze ook advies. 'Vind je dat ik in *Waku Waku* moet?' Ik ben blij dat ik haar adviezen mag geven. We vertrouwen elkaar.

Ik bewonder haar ook. In Nilgün omhelzen dromen en ambities elkaar innig. Ik zeg altijd: 'Als je iets echt wilt, dan gebeurt het ook.' Soms als ik dat zeg, denk ik dat het misschien beter is dat niet te zeggen. Toch gaat het voor mezelf op. Ik geloof niet dat het ijdel is dat op te merken, vooral omdat ik eraan toevoeg dat het voor mij maar een béétje opgaat, vergeleken bij Nilgün. Zij wil veel, heel veel. En dat gebeurt dan ook. Tegen de klippen op. Door teleurstellingen en tranen heen. Ze is niet te stuiten. Soms houd ik mijn hart vast, en als ik dat tegen Nilgün zeg wanneer ze me vanuit haar auto belt, terugkerend van een fotograaf en op weg naar een televisie-interview, verzucht ze: 'Ben blij dat je het zegt, want van jou kan ik het hebben.' En dan heeft ze bij de volgende ontmoeting champagne bij zich of sake. Veranderen doet er weinig. Ik moet mezelf dat ook niet wijsmaken. Als je je geen zorgen maakt om haar, gebeurt er waarschijnlijk niet wat ze wil dat er gebeurt. En dat is natuurlijk niet de bedoeling.

Niet te stuiten, Nilgün Yerli. Onontkoombaar. Dit boek gaat daar onder meer over. Hartveroverend als de schrijfster. Toen ik het gelezen had, speet het me dat ik haar niet eerder had ontmoet. Dat heb je met goede vrienden.

Thomas Verbogt

1

Ik kijk naar de graven, het zijn graven uit de byzantijnse tijd. Toen begroeven ze de mensen hoog in de bergen in plaats van diep in de aarde zodat je niet over ze kon lopen. En op deze manier verloor je de overledene ook nooit echt uit het oog.

Ik zit op een steiger van een pensionnetje in Dalyan, een vissersdorpje. De groene rivier is half dichtgegroeid met riet en achter het riet liggen de heuvels met de graven.

'S Avonds worden ze verlicht. Sommigen vinden dat niet natuurlijk, maar ik vind het mooi om de graven 's avonds ook te kunnen zien. Ze vertellen mij iets. Ik zit hier om mijn verleden op te schrijven. Het verleden dat ik in mij begraven heb, ga ik weer tot leven brengen, en daar doet die avondbelichting mij aan denken.

Het pension is klein en lief, het heet *Beyaz Gül*, witte roos. De eigenaresse is een dame die veertien jaar in Nederland heeft gewoond, maar zich nooit echt thuis voelde. Ze is teruggekeerd en heeft dit pensionnetje met vier kamers opgezet. Er is een restaurantje aan de oever van de rivier. Op de steiger staan vijf tafels, die moet je reserveren, want het is de beste, meest gewilde plek. Een klein tafeltje op de steiger heb ik voor twee maanden gereserveerd. Zo lang zal ik hier logeren, en ik wil elke dag dezelfde tafel.

Op een avond hoor ik een Nederlandse man zeggen: 'Maar dat is onze tafel, mijn vrouw en ik eten altijd aan die tafel.' Ik kijk hun kant op, aan hun gebaren te zien gaat het om de tafel waar ik zit. Ik loop naar ze toe en zeg dat ze gerust aan die tafel mogen zitten, ik neem wel een andere. Maar het zijn hele aardige mensen, ik mag blijven. Ik sta toch op, want zij zijn met zijn tweeën en ik gun hun dit romantische plekje.

Zij nemen plaats aan de tafel en vragen of ik erbij kom zitten voor een glaasje rode wijn. Een mooi gebaar, dat ik met alle plezier aanvaard.

Ze komen uit een dorpje bij Almelo. Ze zijn verliefd geworden op dit mooie plekje en hebben een stuk land gekocht en daar een huis op laten bouwen, sindsdien komen ze elk jaar. Vredige, vrolijke mensen zijn het.

Ik wist het, dit is een goede plek om te zijn, om te schrijven. Je geest wordt hier helder en rein.

2

Wat is er overgebleven van het kleine Turkse meisje dat in de kersenboom klom?

Eigenlijk alles. Nog steeds klim ik zonder angsten, nog steeds geniet ik wanneer ik de hoge takken bereik. Er is niet alleen veel overgebleven maar ook veel bij gekomen. Ik kan nu klimmen in twee landen, twee talen, twee culturen, twee werelden die in mij één zijn geworden.

3

Ik keek naar de rails, ijzer en grote houten balken, veel grove stenen. Het zag er somber uit.

Opeens zag ik iets bewegen, het was een klein muisje, een levend wezen tussen die dode balken. Dat gaf weer hoop.

De trein die ik moest hebben kwam, de trein naar Milaan.

Ik zocht in de trein mijn couchette, nummer drieëndertig. Het gangpad is altijd net iets te smal zodat soms een tas een passagier raakt, vreselijk vind ik het.

Ik kwam luidruchtig en onrustig puffend de couchette binnen. Een meneer lag al in zijn smalle, fijne bedje. Hij was aan het lezen, toen hij mij zag binnenkomen stond hij op. Mijn bed was het bovenste. Die stapelbedden zijn afschuwelijk. Gelukkig lag ik niet beneden, want dan zou ik het helemaal turksbenauwd hebben gehad. Het was een charmante meneer, hij had heel kort zwart haar, zwarte oogjes en een klein brilletje. Hij was echt een heer, pakte meteen mijn koffer en zette hem in het bagagerek. Vrolijk vroeg hij in het Engels of ik een sigaretje wilde. Ik rook niet maar wilde wel dolgraag met die aardig ogende man een babbeltje maken en dat is wat zo'n sigaret op dat moment doet. Samen een sigaretje roken heeft een hele andere charme dan dat hij een sigaret aanbiedt en jij zegt nee en vervolgens gaat hij ook maar niet roken en komt er misschien helemaal geen gezellige babbel. Om dit te voorkomen zei ik: 'Ik rook niet maar ben wel in de stemming voor een chat.' Hij klapte zijn bed in, dat daardoor in een bank veranderde, we gingen zitten.

Joshua heette hij, hij was achtendertig. Hij was ook op weg naar Milaan, want daar woonde hij samen met zijn vrouw en twee dochters. Hij liet mij foto's zien, een leuk gezinnetje dacht ik. Hij was in Nederland geweest voor zaken. Even voelde ik spijt dat zo'n leuke man al getrouwd was, maar al heel gauw veranderden mijn gevoelens, want plotseling zei hij: 'Leuk dat we met zijn tweeën hier zitten, jammer dat die bedjes zo klein zijn, anders konden we elkaar uitproberen.' Ik twijfelde even of ik het wel goed had begrepen maar door zijn blikken wist ik dat ik hem niet verkeerd had verstaan.

Raar vond ik dat, het huwelijk was iets heiligs, dat had ik meegekregen van mijn moeder. Toch vroeg ik me vaak af hoe je nou trouw kon zijn aan één persoon. Mijn vader zei altijd: de enige wezens die trouw zijn aan hun partner zijn ganzen en dat is omdat ze een gans zijn, maar mijn moeder ontkrachtte zijn theorie, en zei: ons verstand is het enige wat ons van de dieren onderscheidt, gebruik dat dan ook...

Met gemengde gevoelens keek ik dus tegen dat trouw-zijn aan. Wat nu? Een dilemma. Deze meneer was geen gans, maar een mens kon hij ook niet zijn, want hij gebruikte zijn verstand niet. Die galante nette heer van zonet was veranderd in een Casanova, die even een vluggertje wilde doen. Had ik nu zulke verkeerde signalen gegeven? Goed, ik vond hem er leuk uitzien, maar dat wilde nog niet zeggen hup erbovenop. Een zoen had ik nog spannend gevonden, maar dit was zo onethisch.

Ik zei: 'Maar meneer, u bent getrouwd.' Hij begon keihard te lachen en zei: 'Mijn vrouw weet van al mijn avontuurtjes.' Ik snapte er niets van. Ik voelde me beledigd en dom. Ik maakte hem duidelijk dat ik er geen zin in had en dat ik wilde slapen. Toen ik in mijn bedje lag, vroeg hij het nog een keer. Weet je zeker dat je daarboven alleen gaat slapen? Ja waarom niet, dacht hij, niet geschoten is altijd mis, maar met twee maal schieten heb je wel dubbel kans. Ik zei niets terug en begon na te denken over trouw blijven. Vreemdgaan is makkelijk, trouw blijven, je verstand gebruiken, dat is veel moeilijker. Met dat idee ging ik slapen en ik vond de man die figuurlijk onder me lag een zielig meneertje dat een huwelijk had dat een sleur was.

4

Waar je ook heen gaat, daar ben je. Ik wilde overal heen, ik wilde overal zijn.

Alleen zorgde mijn paspoort ervoor dat ik dat zelden spontaan kon doen. Ik moest het vaak ruim van tevoren plannen.

Ik was op weg naar het Italiaanse consulaat, want ik wilde op vakantie naar Milaan. Het was de eerste keer dat ik naar het mysterieuze Italië zou gaan, en omdat ik een Turks paspoort had, had ik een visum nodig. Ik moest vaak naar consulaten, vanwege mijn paspoort, maar bij het Italiaanse consulaat kwam ik voor het eerst. Het was niet in zo'n mooi pand als ik me had voorgesteld. Sterker nog, het was hoog tijd voor een restauratie. De portier wees mij de weg en zei dat ik beneden moest wachten. Na een uur gewacht te hebben was ik aan de buurt, maar toen bleek dat beneden het consulaatgedeelte voor Italianen was en boven voor buitenlanders. De portier had me voor een Siciliaanse aangezien. We zien er hetzelfde uit maar 'wij' hebben een visum nodig. Ik liep weer naar boven, en na een halfuur was ik aan de beurt. De meneer achter de balie vroeg naar allerlei soorten documenten: bewijs van inkomsten, uittreksel uit het bevolkingsregister en het allerbelangrijkste, mijn paspoort.

Het valt wel mee, dacht ik. Ik herinnerde mij een vakantie naar Zwitserland toen ik zeventien was en er helemaal niets van begreep waarom ze zo moeilijk deden. Het Zwitserse consulaat vroeg toen om een doktersverklaring, zodat er geen ziektes het land in kwamen. Ook wilden ze alles weten over mijn bankrekening, ik moest minimaal duizend gulden plus staan. Verder had ik een bewijs van de politie nodig, zodat ze zeker konden zijn dat ik geen strafblad had.

Na drie maanden had ik mijn visum. Met een gezond, rijk en een beschaafd gevoel ben ik toen naar Zwitserland gegaan.

Nu had ik ook weer alle documenten bij me en ik gaf ze aan de meneer achter de balie. Ik kon weer naar huis en moest wachten op hun telefoontje.

De volgende dag werd ik al gebeld, mijn visum lag klaar. Dit had ik nog nooit meegemaakt. Aardige mensen, die Italianen, dacht ik. Over drie weken had ik pas vakantie maar nu het visum zo snel klaar was wilde ik eigenlijk meteen al vertrekken. Maar alles heeft zijn tijd, in het bijzonder vakanties.

Ik zou met de trein gaan, mijn ticket was in orde en in Milaan was alles ook goed geregeld want ik ging logeren bij een vriendin van mij. Na een hectisch, chaotisch inpakfestijn kwam ik bij het station aan. Het was zeven uur 's avonds. De trein stond er al en ik stapte gauw in. Ik had een couchette genomen want dat was wel zo lekker als je toch veertien uur in de trein moest doorbrengen. Het voelde goed. Paspoort, visum, ticket, zakgeld en koffer. Alles was in orde.

Nee, dit incident mocht mijn gevoel van spanning en ontspanning voor deze vakantie niet bederven.

5

Er werd geklopt aan de deur van de kleine couchette, de conducteur kwam binnen. Hij vroeg naar onze paspoorten zodat hij ze bij de grens kon laten zien, dan konden wij lekker verderslapen.

Vanuit mijn bedje keek ik naar beneden en zag een koffer staan die wellicht van de meneer was. Het was een kleine leren koffer met riemen omgespt. Zo'n koffer had ik ook ooit. Acht jaar terug was ik met zo'n koffer naar Nederland gekomen. Samen met mijn moeder, vader, broer en zus.

Bitter was het vertrek uit Turkije, en bitter was het om in een land te komen dat je niet kent en waar je niet jezelf kunt zijn omdat Turken er zo'n negatief imago hadden.

Ik was tien. Het afscheid van mijn familie en vrienden was moeilijk. Ik zal nooit vergeten hoe ons huis in Turkije leeg werd gehaald. Mijn bed, onze salontafel waar we elke avond aan aten, onze mooie gele bank. Nog nooit hadden deze meubelstukken en interieur mij in het minst geboeid. Sterker nog, het had me nooit geïnteresseerd of iets vies werd of stukging. Tot dat ene moment van afscheid. Mijn moeder wilde de meubels niet verkopen maar ze aan de conciërge van de flat geven. Zijn dochter zou trouwen en zij had geen geld om meubels te kopen voor hun huis. Mijn oma vond dat niet zo leuk. Niet dat ze de goedaardigheid van mijn moeder afkeurde, maar meer omdat zij zelf de meubels had gewild vanwege de herinneringen. Mijn moeder vond anderen helpen belangrijker dan herinneringen, 'als het goed is heb je geen meubels nodig om aan ons te denken', zei ze nuchter en bitter tegelijk. Mijn oma voelde zich een beetje gekwetst, maar probeerde toch begrip te tonen. Uiteindelijk kon je niet boos worden op iemand van wie je afscheid nam, en al helemaal niet als dat afscheid je pijn deed.

6

We zouden naar Nederland gaan met de auto. Mijn vader had een Ford Taunus, een witte met een bruin dak. Het leek een cabriolet, maar dat was het niet. Mijn vader woonde al een jaar in Nederland, hij was uitgezonden door de regering vanwege een uitwisselingsprogramma. Het zou eerst voor een periode van één jaar zijn, en mijn moeder had geen bezwaar om een jaar op hem te wachten. Maar toen kreeg hij een contract voor vijf jaar, het project waar mijn vader aan werkte was succesvol geweest. Hij gaf Turkse kinderen die gebrekkig Nederlands spraken les in vakken als wiskunde en natuurkunde, in het Turks, zodat ze in ieder geval in hun eigen taal een vak konden beheersen dat toch internationaal was. Daarnaast gaf hij ze Turkse les en algemene kennis over hun geboorteland Turkije. Mijn moeder had er geen probleem mee een jaar te wachten op mijn vader met twee dochters en een zoon, maar vijf jaar was haar echt te lang, en zo werd besloten om met het hele gezin naar Nederland te gaan.

Als kind ben je een koffer van je ouders, waar zij heen gaan nemen ze je mee. Aan mij is niets gevraagd, ook niet echt aan mijn broer van achttien en mijn zus van twintig. Mijn broer had zijn lyceum afgerond en mijn zus zou een opleiding voor lerares gaan volgen aan de universiteit. Het was een tijd van politieke stoornissen, links-en-rechtskwesties waar ik toen niets van begreep, en nu nog steeds niet. Mijn ouders vonden het veiliger als mijn broer en mijn zus meegingen en die vonden dat uiteindelijk ook.

Het moment van het werkelijke afscheid was zwaar. Mijn oudste zus was al getrouwd en woonde niet zo ver van ons vandaan. Ze had een dochtertje waar we met zijn allen erg aan gehecht waren, Sibel heette ze. Ik was tante geworden toen ik zes was, en dat was een raar gevoel. Ik wist net wie míjn tante was en wat die voor me betekende, maar om dan zelf opeens tante te worden, dat snapte ik niet helemaal.

Afscheid nemen van haar eerste kleinkind was voor mijn moeder intens pijnlijk, ze kon alleen maar huilen. Mijn vader werd dan boos en zei: 'Het is toch geen definitief afscheid, met oud en nieuw komen we weer terug.' Het was de enige troost voor dat moment. 'Beloof je dat papa, want ik ken mensen die gaan en die de eerste vijf jaar niet terugkomen, om geld te sparen,' zei mijn zus. 'Je weet toch dat ik geen spaarder ben,' zei mijn vader lachend en aaide haar over het hoofd. Dat was waar, mijn vader was geen spaarder, hij smeet eerder met geld, wanneer het hem uitkwam.

Afscheid nemen van mijn oma, opa, tante, oom, nichten en neven was net zo zwaar. We waren één familie en nu ging een groot gedeelte van de familie weg. Voor hen zou het een leegte zijn, maar ze hadden elkaar nog en het land waar ze hun taal konden spreken en hun gewoontes konden voortzetten zonder dat men ze 'anders' vond. Wij gingen naar een land waar alles ons even vreemd was als wij voor het land waren.

7

Ieder mocht een koffer meenemen. Ik kreeg van mijn moeder een kleine leren koffer, daar mocht ik alles in doen wat voor mij belangrijk was om bij me te hebben in Nederland. Kleren mocht ik ook meenemen, maar dat was niet noodzakelijk want die konden we in Nederland ook wel kopen. De emotionele dingen, daar ging het om. Voor mij was dat een grote foto van mij samen met Figen, mijn allerliefste nichtje dat even oud was als ik. De foto paste in die koffer, met de foto's van mijn oma, opa, tante en andere nichten en neven. Verder had ik eigenlijk niets waarvan ik dacht dat ik er niet zonder kon, behalve misschien een paar lievelingstruien die mijn oma en sokken die mijn tante voor mij had gebreid. Echt speelgoed had ik niet, alleen een houten pop die mijn opa uit een tak van de kersenboom in zijn tuin had gemaakt. Die pop vond ik erg lelijk, en ik had er nooit mee gespeeld. Ondanks dat mijn oma er een rokje voor had genaaid en stro op het hoofd had geplakt, bleef het een lelijk poppetje. Maar ik wilde hem wel meenemen vanwege de herinnering aan de kersenboom, mijn grootste vriend.

Mijn oma en opa hadden vierentwintig kleinkinderen, en elk weekend kwamen we bij elkaar. De jongste kleinkinderen, waar ik toe behoorde, speelden in de tuin. De hoge kersenboom was de grootste attractie voor ons allemaal. We klommen er met zijn allen in. Ik was de enige die naar de top durfde. Dit bezorgde mijn moeder veel hartkloppingen, dat wist ik, maar toch kon ik het niet laten. Ik genoot van de roodste en grootste kersen aan de top, en wat nog veel leuker was, ik gooide alle pitten naar de hoofden van mijn nichten en neven. Wat had ik een lol met mezelf. Mijn tantes waren toeschouwers, en wanneer ik zag dat ook zij lachten, lachte ik triomfantelijk nog harder, en dacht dat ik een enorme voorstelling gaf op mijn grote podium. Het waren mooie herinneringen die het lelijke poppetje, gesneden uit een tak van mijn grote vriend, bij mij naar boven haalde.

De dag dat ik hem kreeg moest ik huilen, omdat mijn opa in de boom had gesneden, maar mijn opa vertelde mij liefdevol hoe het zat: 'Kijk,' zei hij, 'een harde wind heeft de tak losgerukt van de stam, en je moet weten dat het beter is die tak in ere te houden door er een blijvende pop van te maken dan hem te verbranden in de haard, vind je niet?' Pas toen stopte ik met huilen, hij had gelijk. Met het kersenpoppetje was mijn koffer compleet, alles wat me dierbaar was had ik bij me.

Ook mijn zus en broer hadden een koffer. Mijn broer had al zijn boeken, foto's en zijn poëziealbum ingepakt, zijn vrienden hadden erin geschreven ten afscheid. Mijn zus nam alle brieven van haar vriend en foto's van hem mee en mijn moeder wat er nog over was in de boekenkast en een speciale Turkse pan, *sac*, een soort wok, maar dan platter en dunner. Daar kon je speciale Turkse vleesgerechten in maken in de diepe kant. Als je hem omdraaide werd hij bol en daar kon je het Turkse dunne brood, *yufka*, op bakken. Mijn vader, die inmiddels al een jaar in Nederland woonde, had haar verteld dat zo'n pan daar niet te vinden was. We konden zonder alles maar niet zonder het traditionele Turkse vleesgerecht en yufka, leek het.

Het moment was daar, we stapten in de auto. Mijn vader startte de wagen, en daarmee ook een nieuw leven voor ons, waarvan we niet wisten hoe het eruit zou zien. Het leven hier was veilig en mooi, waarom moesten we weg. Alleen omdat mijn vader het wilde en mijn moeder het op deze manier het verstandigste vond?

Ik keek in de achterruit, en daar stonden ze dan, mijn dierbare familie waar ik dagelijks contact mee had en met wie ik alles deelde. Dat plaatje zal mij altijd bijblijven, het leek wel een groepsfoto. Er werden altijd foto's gemaakt van mooie momenten, wanneer je iets vierde. Zo werd bijvoorbeeld bij een geboorte altijd een foto gemaakt, maar nooit bij een overlijden. Foto's maken bij een bitter afscheid zat er ook niet in.

Mijn oma had een fles water in haar hand, bij het wegrijden goot ze water over de bumper van de auto en op de weg, wat de helderheid van de geest van de bestuurder, de zuiverheid van het afscheid en de snelheid van gaan en komen – zoals het water – symboliseert. Mama vertelde me dat. Ik kende deze gewoonte niet. Het was mijn eerste afscheid voor lange tijd.

8

Toen we bij de grensstad Edirne aankwamen, begon ik weer te huilen. We verlieten ons land nu echt.

Eenmaal in Bulgarije voelde ik me iets lekkerder. Het zag er hetzelfde uit als Turkije. In mijn hele leven van tien jaar had ik alleen maar Turkije gezien en het was echt heel mooi te ontdekken dat een ander land op Turkije leek. Wel was het vreemd een andere taal te horen, al leek Bulgaars op Turks, vond ik.

Joegoslavië was het volgende land, spannend was het, ieder land bereidde ons voor op het uiteindelijke land, Nederland. Joegoslavië gaf ook een Turks gevoel. Mijn vader vertelde dat dit vroeger allemaal tot Turkije behoorde, zelfs een gedeelte van Oostenrijk, maar dat de sultan het allemaal had weggegeven omwille van een vrouw. Mama zei: 'Dat is natuurlijk niet helemaal waar, dat is de legende.'

'Dus als hij het niet had weggeven dan waren we nu nog steeds in Turkije?'

'Ja, daar komt het wel op neer.'

Dat gaf me een goed gevoel. Daarom leek het zo op Turkije, het was vroeger van ons. En het ons-gevoel zette me aan het denken, ik had het in Turkije nooit over 'van ons' gehad.

Oostenrijk was echt een heel mooi land. Het had mijn liefde al door de Heidi-tekenfilm. Die alpen, wat mooi. In Turkije waren ook bergen, hele hoge, maar deze waren mooier omdat ze bedekt waren met groen en wit. Ik dagdroomde in de Alpen.

Bij de grens met Duitsland stonden we heel lang stil. Ze controleerden de auto en alles wat erin zat. Wij werden gefouilleerd.

Het was een onprettige manier om een land binnen te gaan, we voelden ons niet welkom. We werden wel toegelaten, mijn vader had alle papieren geregeld. Zo was hij wel, een administratief wonder, hij wist altijd wat je nodig had aan formaliteiten.

Duitsland was groot. Mijn broer bewonderde de

mooie wegen en de Porsches die hij voor het eerst in het echt zag.

We waren nu wel heel dicht bij Nederland.

Na drie dagen rijden waren we er eindelijk. 'Wat een mooi, groen, schoon land,' bewonderde mama. Ze hield van schoon. Ik vond het ook mooi. 'Ik denk best dat ik van dit land kan houden,' zei ik. Het was stil, niemand zei wat terug.

9

We zouden in Friesland gaan wonen. Dat zei me nog minder dan Nederland, en dat laatste zei me al zo weinig. Ik werd een Friese Turkin, de ergste soort die je je kan bedenken.

Maar ik had veel aan mijn ouders motto: ieder eind is een nieuw begin. Een cliché dat niet voor niets een cliché is geworden, het klopt.

Voor mij was het inderdaad een nieuw begin, maar voor mijn moeder, broer en zus was het erg moeilijk. Mijn broer had dan wel het lyceum afgerond in Turkije, maar hij kon hier niet op een universiteit of een HBO beginnen omdat hij geen Nederlands kende. Mijn zus idem dito. Voor mijn moeder zat er niets anders op dan het huishouden, maar dat deed ze in Turkije ook al en volgens mijn vader was dat niet zo'n verschil. Mijn moeder was het daar helemaal niet mee eens, het was een enorm verschil, want hoe hard je ook werkte, thuis had je familie, vrienden en vooral je buren om alles mee te delen; hier keek de buurvrouw al vreemd op als mijn moeder eten naar ze toe bracht. De eerste keer dat ze dat had gedaan, kwam ze met een vol schaaltje terug. *Su Boregi* had ze gemaakt, een deeggerecht gevuld met kaas en peterselie. Later begrepen we dat de buren dachten dat mijn moeder het wilde verkopen aan hen en daarom nadrukkelijk 'nee' hadden geschud.

Voor mij was Nederland het gunstigst. Ik was nog jong en kon alle kanten op. Mijn broer en zus kregen het advies om zo snel mogelijk aan de slag te gaan, werkend ijzer roest niet.

Ik kon meteen naar school, maar zo prettig bleek dat niet te zijn.

Ik voelde me eenzaam en zelfs zielig, in het land van aankomst. Thuis hoefde ik daar niet mee aan te komen, want iedereen had zijn eigen problemen. Mijn moeder had heimwee en probeerde te wennen aan een nieuw land, cultuur, mensen. Mijn broer had een productiebaan in een fabriek en vond dat zeer geestdodend. Mijn zus kwam in een gordijnatelier terecht. Mijn moeder zei altijd: vlieg zonder angsten en maak je dromen waar, maar was dit de droom van mijn broer en mijn zus, of die van mij?

Het was helemaal niet leuk in Nederland, zeker niet als je Turk was – dat was iets heel ergs, nog erger dan een Surinamer of een Egyptenaar. Misschien was het bijna net zo erg een Marokkaan te zijn want die werden meestal ook voor Turk aangezien.

10

Mijn zus besloot terug te gaan naar Turkije. Zij had daar een vriend en piekerde er niet over om hem hierheen te halen als aanhang-gastarbeider. Ze verliet Nederland met de hoop op een waardig nieuw begin daar waar ze zich niet hoefde te schamen een Turk te zijn en waar ze gelukkig was.

Ik had al afscheid genomen van mijn hele familie en het vertrek van mijn tweede zus viel me erg zwaar. Voor mijn moeder was het nog veel erger. Maar omdat ze zo sterk was, merkte mijn zus daar niets van. Het enige wat mijn moeder haar vertelde was: 'Het is goed dat je een keuze hebt gemaakt, in het leven moet je altijd keuzes maken en erachter staan. Als je geen keuzes kunt maken en twijfelend door het leven gaat zal je je nooit sterk en bewust voelen, het is goed zo.' Ik had mijn moeder zien huilen in de tuin op de dag dat mijn zus vertelde dat ze terugging om te trouwen met haar vriend en voorgoed in Turkije te blijven. Ze kon nu wel zo beheerst en wijs mooie woorden gebruiken, maar ik wist wat mijn moeder echt voelde. Ik liep naar haar toe en vroeg: 'Waarom zeg je niet dat het je pijn doet, mama, ik zag je toch huilen.' Mijn moeder was niet verbaasd, en nog steeds even beheerst zei ze: 'Zij heeft een keuze gemaakt waar ze achter staat, misschien zal ze twijfelen als ze ziet dat het mij zo'n verdriet doet en dat wil ik niet.' Ik gaf mijn moeder een kus op haar witte, zachte, naar rozen ruikende wang.

11

Eén keer in de week hadden we een telefoneerdag met de familie in Turkije. Dat was een emotioneel moment voor ons allemaal.

Eén keer in de week ook was er op de Duitse zender een programma dat *Brief uit Turkije* heette, dat duurde twintig minuten en begon 's morgens om half negen. Ja, een betere uitzendtijd hadden ze die Turken in Duitsland niet kunnen geven. Uitslapen op zaterdag zat er niet in. We stonden met z'n allen om half acht op, acht uur ontbijt en stipt op tijd zaten mijn zus, broer, vader, moeder en ik voor de tv met tranen in onze ogen. Vooral mijn moeder, die bijna in de buis zat, zei om de minuut, twintig keer dus: 'Deze beelden zijn mooi maar ik mis vooral de geur van het land', waarop mijn vader zei: 'Neem dan een keer een steen mee uit Turkije dan kan je daar het hele jaar aan ruiken.' Mijn moeder voelde zich onbegrepen, maar ik begreep haar wel. Ik miste ook de geur van Turkije; wanneer het regende rook je de rode aarde. Toch hield ik mijn mond, want ik was tien en zou mijn moeder begrepen hebben dat ik haar begreep?

Na het Turkse programma brak het moment aan waar we met z'n allen de hele week op hadden gewacht, het telefoonmoment. Er werd gebeld naar mijn tante, de zus van mijn moeder, ja dat moet je hier uitleggen, het woord 'tante' of 'oom' geeft niet aan of het nu van moederskant of vaderskant is. In het Turks is dat veel duidelijker, daar geeft het woord het al aan. De zus van je moeder is *Teyze* en van je vader *Hala*, de broer van je moeder is *Dayi*, en van je vader *Amca*.

Daarom hebben Turken zo'n moeite met de Nederlandse taal, die is niet duidelijk genoeg voor ze! De hele familie zat in Turkije op ons telefoontje te wachten, een wekelijks ritueel. Ieder mocht één zin zeggen tegen één persoon.

Ondertussen kampte ik met mijn Nederlands. Ik kende maar vier woorden: ja, nee en vliet 49, daar woonde ik. Negenenveertig was wel een heel moeilijk woord voor een buitenlander om uit te spreken, maar juist omdat ik het zo raar en moeilijk vond had ik mijzelf gedrild om het te leren.

Mijn eerste schooldag in Nederland zal ik nooit vergeten. Mijn vader bracht mij en meteen de eerste dag moest ik blijven. Ik voelde me volledig ontheemd, verdwaald en bovenal verward. De hoofdonderwijzer bracht me naar een klas vol kinderen, van alles wat. Tot die tijd had ik maar één soort in een klas gezien, namelijk Turken, maar dit was één grote mix. Een Surinamer – toen wist ik niet eens waar Suriname lag –, een Hindoestaantje, Marokkaantje, Pakistaan en ik was de eerste Turk.

Ik werd voorgesteld aan de leraar. Ik mocht meteen plaatsnemen en met de les meedoen. Ik dacht even dat ik geluk had omdat het tekenles was, maar toen wist ik nog niet hoe moeilijk communicatie kon zijn. Ik kreeg houtskool in mijn handen en moest daarmee tekenen. Tekenen met houtskool kenden we in Turkije ook.

Ik begon heftig dat A-viertje in te kleuren. Ik zie nu nog de blik van die leraar voor me. Hij zei: 'Nee, nee, nee!!' Nou, dat woord kende ik al, dus ik begreep wat hij bedoelde, maar hoe moest ik hem uitleggen wat ík bedoelde? Ik pakte mijn gum en liet het hem zien. Hij dacht waarschijnlijk dat ik alles wilde uitgummen en gaf me een nieuw vel wit papier. Ik begon weer heftig te kleuren, en hij werd boos. Ik wilde hem alleen maar mijn techniek laten zien, maar slaagde daar niet in, hij gaf me weer een nieuw vel papier. Ik dacht als ik weer ga kleuren dan wordt hij vast nog bozer en dan zit ik niet met de gebakken maar aangebakken peren. De techniek die ik in Turkije had geleerd was eerst het tekenpapier volledig zwart maken met houtskool en vervolgens met een gummetje figuurtjes tekenen, een witte tekening op een zwarte achtergrond. Maar ik heb het niet uit kunnen leggen.

Uiteindelijk deed ik schaapachtig mee met de rest en tekende een stomme Mickey Mouse met houtskool op het witte vel, zoals meester het wilde.

En meester was blij.

Na de tekenles hadden we Nederlands, nou, dat kon ik heel goed gebruiken. Ik kreeg apart les in een lege klas met een lief kijkende mevrouw. Ik kreeg een leesplankje voor me: Aap-Noot-Mies-Wim-Zus-Jet-Teun-Vuur-Gijs-Lam-Kees-Bok-Weide-Does-Hok-Duif-Schapen.

Eindelijk iets waarmee ik uit de voeten kon, woorden met plaatjes erbij, fantastisch vond ik het. Ik leerde het leesplankje uit mijn hoofd. Eenmaal thuis voelde ik me weer veilig en goed, ik kon nu praten en uitleggen wat ik bedoelde, wat ik wilde en niet wilde. Mijn moeder gaf me als beloning een boontje om in de tuin te planten. Ze zei: ‘Dat is leuk, dat boontje gaat groeien, bloeien en nieuwe boontjes geven, net als jij ooit.’ Het zal wel, dacht ik en ging naar buiten. Ik hoorde een waf achter me. Het was zo grappig. Turkse honden zeiden hav-hav en de Nederlandse honden waf-waf, zelfs de hondentaal was anders. Maar gelukkig wist ik in ieder geval wat een hond was in het Nederlands, dat had ik geleerd van het leesplankje: Kees was dat woord. De buurvrouw kwam en die keek mij lief aan omdat ik haar hondje aan het aaien was. Ik zei: 'Kees!' en zij zei: 'Nee, Bas.' Dat woord nee begon me de keel uit te hangen en dus zei ik: 'Ja, kees Bas,' en zij weer: 'Nee, nee, nee, alleen Bas.' Het woord nee begreep ik en Bas zou dan wel de naam van het beest zijn, maar wat betekende nu het woord alleen? En waarom wilde ze niet begrijpen dat Kees hond betekende, dat stond toch op het leesplankje, of zou ze zelf niet zo goed thuis zijn in de Nederlandse taal?

Ik probeerde het nog eenmaal: 'Ja, hav-hav kees Bas.' 'Nee, het is waf-waf Bas.' Toen zei ik maar: 'Ja, Bas,' want van al dat ge-nee kreeg ik wat. Ze was blij en glimlachte en zei: 'Ja, Bas, waf...,' en weg was ze. Daarom zeggen buitenlanders dus altijd ja terwijl ze nee bedoelen. Ze kunnen door hun gebrekkige taalkennis niet uitleggen wat ze bedoelen.

De volgende dag op school moesten we in een cirkel zitten en ieder vertelde een verhaal. Kringgesprek noemden ze dat, eraan ontkomen kon je niet.

Toen het mijn beurt was, kwam het leesplankje me weer te hulp. Ik zei: 'Jet, Nilgün hallo.' Het woord hallo had ik opgezocht in het woordenboek, dat was een groet, en Jet was het plaatje van een meisje op het leesplankje. Maar niemand begreep wat ik wilde zeggen: 'Meisje Nilgün groet jullie.'

Na mijn zegje ging de leraar met een glimlach verder, een glimlach die zei: 'Je bent niet goed wijs.' Ik bleef erover tobben: was ik nu gek of klopte dat leesplankje niet? Een duif was een duif, een aap was een aap, en noot was een noot maar een hond was geen Kees, een Mies was geen poes en een Teun was helemaal geen opa.

Ik was helemaal in de war.

Na jaren heb ik ontdekt dat ik niet gek was, maar dat het leesplankje nooit heeft geklopt.

13

Ik woonde pas kort in Nederland toen er in de klas lootjes werden getrokken. Ik wist niet waarom, maar moest wel meedoen. Ik trok een lootje met de naam 'Andre' erop. Wat moest ik met Andre, dat was nou net het jongetje dat mij pestte en uitschold voor 'Turkie, Turkie, broeke jurkie'. Hij gaf me altijd een schop tijdens de gymles, en nu stond hij op het briefje in mijn hand. De leraar zei: 'Sinterklaas komt en jullie moeten een cadeau kopen voor degene die op jullie lootje staat.' Wie was Sinterklaas? En waarom moest ik een cadeau kopen voor die etter? Op 5 december moesten alle cadeaus en gedichten klaar zijn, want Sinterklaas kwam dan naar onze school. Ik begreep de helft van de gebeurtenis niet, maar toen die oude man binnenkwam vond ik hem verdacht veel lijken op onze kerstman (*Noel Baba* in het Turks), maar bij ons kwam de kerstman pas op 31 december. Later ontdekte ik dat er hier ook een kerstman was, en toen begreep ik helemáál niets van die Sinterklaas.

We hadden allemaal cadeaus voor elkaar gekocht. Iedereen kreeg er één, behalve Andre, en Hilda kreeg er twee. Ik vond Hilda heel aardig en Andre niet, daarom. Nu, jaren later, komt nog steeds de boot uit Spanje weer aan met Sinterklaas. Ik weet nog zo net niet of de boot wel uit Spanje komt. De St. Nicholas waar het hier om gaat is geboren in het plaatsje Patara in Turkije. Die lieve man deed inderdaad veel goeds. Zijn legende begon in de vierde eeuw, toen St. Nicholas een christelijke bisschop was in de kerk in Demre. Hij gaf op eerste kerstdag anoniem cadeaus aan de dorpsmeisjes, zakken vol cadeaus duwde hij door de schoorsteen. De meisjes zagen deze cadeaus als een teken dat uit de hemel zegen kwam, om te trouwen. Het kan ook zijn dat het gewoon een oude viezerik was die op de meisjes uit was. Waarschijnlijk had hij dat ook in de gaten, en dus gaf hij mettertijd ook aan de rest cadeaus. Zijn roem groeide en de Italianen hebben zelfs zijn graf leeggeroofd. Geen idee waar dat goed voor was. Misschien dachten ze wel dat een christelijke heilige man niets te zoeken had in islamitische grond. Een paar van zijn botten hebben ze achtergelaten en die liggen nu in een museum in Antalya. Vandaar dat die man de hele wereld afreist, hij is vast op zoek naar zichzelf. Maar hoe komt het dan dat die man uit Spanje komt? Italië was nog iets logischer geweest. Als je verderspeurt dan klopt het nog minder, want dezelfde St. Nicholas is benoemd tot Santa Claus. Hij heeft een dubbelfunctie, want hij is geëxporteerd naar Amerika als de kerstman, dus eigenlijk zijn Sinterklaas en de kerstman dezelfde man. In Turkije is het helemaal een gekke boel. Omdat het land merendeels moslim is vieren ze geen Kerstmis, maar komt dezelfde kerstman met oud en nieuw cadeaus geven. Dat was ik thuis gewend, om twaalf uur 's avonds pakten we onze cadeaus uit. Totdat ik in Nederland kwam wonen en St. Nicolaas vierde op zowel 5 december als 25 december en 31 december. Ik ben een gezegend kind, dacht ik, maar het bleek tegen te vallen, want ik kreeg niet alles wat ik wilde.

Na Sinterklaas kwam mijn eerste kerst in Nederland. Kerstbomen kende ik uit de Amerikaanse films die ik op de tv had gezien en ik had er altijd van gedroomd er een te hebben. In Turkije was dat niet gebruikelijk, maar nu woonden we in Nederland. Er werden overal kerstbomen verkocht, misschien zouden we er ook eentje kopen.

Helaas, het mocht niet van papa. Mijn moeder wilde wel, omwille van mij, maar mijn vader vond het een belachelijk idee, zo'n boom in je huis. En dan die achterlijke lichten erin, hij vond dat spotten met de boom, het was niet natuurlijk. 'Nee, een boom niet, maar een kerstboom is daarvoor gekweekt,' probeerde ik dan, want ik wilde zo graag een kerstboom. Bij al mijn schoolvrienden stond er een. Wat vond ik dat prachtig, al die lichten in de huizen. Om mij toch enigszins blij te maken, kocht mijn moeder slingers en kerstballen, maar blij was ik niet want ik wilde die lichten. Toen kocht ze ook lichten voor mij, en die hing ze in de planten in de woonkamer. Ik vond het heel erg om haar teleur te stellen, maar het zag er zo lelijk en zielig uit. Ik zei tegen mijn buurvrouw dat ik aan de kerstman een kerstboom had gevraagd, en dat had ik ook echt gedaan al wist ik dat hij maar een verzinsel was. In de supermarkt stond een man in een kerstmannenpak oliebollen te verkopen en die had ik mijn verlanglijstje gegeven waarop dertig keer het woord 'kerstboom' stond, met daaronder het bezorgadres (ik wist natuurlijk dat die man nooit kon raden waar ik woonde).

14

Het was overal wit. Het had gesneeuwd, en niet zo'n beetje ook. Een witte kerst, net zoals in die Amerikaanse films waar je helemaal warm van werd. De kalkoen was er ook, dat was een traditie van mijn moeder. De laatste week van december stond er in de koelkast altijd een kalkoengerecht, en met oud en nieuw kwam er één in zijn geheel op tafel. Dat is de Turkse traditie, kalkoen eet je met oud en nieuw.

Het enige wat nog steeds ontbrak was de kerstboom, maar ik probeerde me erbij neer te leggen.

Het was de dag voor de kerst. Dat betekende in ons huis niet veel, maar we merkten het wel van buitenaf. De drukte bij iedereen, cadeaus, kerststollen die we niet kenden en het feit dat met de kerstdagen winkels, bakkers, supermarkten, kortom alles gesloten was. Of je het vierde of niet, je draaide met de molen mee.

We zaten aan het ontbijt toen de deurbel ging, mijn vader deed open. Er stond een kerstboom voor de deur met daarachter onze buurvrouw, van wie mijn vader altijd zeer gecharmeerd was.

'Ik kom het cadeau brengen voor Nilgün,' zei ze. Mijn vader was perplex. 'Wat een reuze aardig cadeau,' zei hij schijnheilig en hij nodigde haar uit om mee te ontbijten. De boom sleepte hij klungelig naar binnen. Wat was ik gelukkig. Een kerstboom voor mij. Ik begon te huilen van ontroering, wat had ik een lieve buurvrouw, de liefste.

Mijn moeder aaide mij over mijn hoofd en zei vol enthousiasme: 'Zullen we hem versieren met al die versiersels waar je eigenlijk niet blij mee was?' Ik begon ijverig de lichten van de lelijke planten te halen en de ballen en ik verzamelde de slingers die aan de kasten waren gehangen. Het enige wat ik miste was een piek, al mijn vrienden hadden een piek.

Mijn buurvrouw gaf me toen nog een cadeau, een grote doos, en daar zat de piek in. Ze had zelfs daaraan gedacht, ik vond haar net een engel.

Hij was af, ook ik had nu een glimmende, schijnende boom. Ik keek schuchter naar mijn vader en hij keek niet blij, maar tegenover onze buurvrouw zou het respectloos zijn om een cadeau niet te accepteren, dus hij deed alsof hij blij was.

Nadat de buurvrouw was vertrokken, verwachtte ik dat hij nog wat zou zeggen, maar hij fluisterde alleen: 'Daar gaan mijn principes.'

Op dat moment ging de bel weer, mijn vader deed de deur open en er stond opnieuw een grote kerstboom voor de deur, met daarachter... de oliebollenkerstman!

De heilige man bestond dus, en ik was uiteindelijk toch gezegend. Misschien moet je altijd een wens doen, want hij kan uitkomen.

15

Maar niet op alle fronten kwamen mijn wensen uit.

Om mijn Turks bij te houden moest ik naar de Turkse lessen die mijn vader gaf. Hij was als vader al wreed, en als leraar was hij verschrikkelijk. Wat er ook gebeurde in de klas, als er even iets niet goed ging, werd hij het meest kwaad op mij. Ik was de dochter van, en moest het goede voorbeeld geven. Een keer had een klasgenoot kastanjes meegenomen, die had hij met zijn ouders gezocht in het bos. Iedereen kreeg in de pauze kastanjes van hem. We aten ze stiekem in de klas tijdens de les. Toen mijn vader een meisje voorin zag kauwen keek hij onmiddellijk naar mij. Tot mijn spijt was ik ook aan het kauwen. Hij kwam naar me toe en gaf me een harde klap: 'Ik heb tegen jullie gezegd dat er niet gegeten mag worden in de klas.' De klap deed minder pijn dan de vernedering voor de klas. Ik heb een week niet tegen mijn vader gesproken.

Als ik nou nog kon zeggen dat mijn Nederlandse les wel goed ging, maar nee, dat was ook niet alles.

16

Ik was het enige Turkse kindje op school, en wat kunnen kinderen wreed zijn. Bij gymlessen werd ik nooit gekozen. Dat bij de gymlessen de populairste kinderen van de klas hun groep samen mochten stellen vond ik echt het allerstomste systeem van de school. Ik en nog een meisje, Treintje, bleven altijd over. Treintje was namelijk een heel vies meisje, ze at uit haar neus en stonk altijd naar urine, want ze deed weleens een plasje in haar onderbroek, zei ze. En ik, ik was een Turk, dat was reden genoeg, terwijl ik echt heel fris rook. Na de gymles in de kleedkamer deden de meisjes mijn kleren onder de douche. In Turkije op de lagere school was de gymles heel anders, we hielden allemaal onze uniformen aan. Hier moest je speciale sportkleding aan, wat op zich veel prettiger was. Het nadeel was echter wel dat je je na de gymles weer moest omkleden en douchen. Ik douchte niet. Naakt bij al die anderen: dat kon niet. Dat was niet alleen uit preutsheid maar had ook alles te maken met een andere achtergrond. Zo was ik opgevoed. Vanaf mijn tiende jaar was ik erop geattendeerd door mijn moeder dat ik niet meer in mijn onderbroek door het huis kon lopen, want dat was niet ethisch. Naakt zou nog gênanter zijn. Ik douchte dus niet op school. Mijn klasgenoten vonden me daarom erg vies. Ik denk dat ik de oorsprong ben geweest van het scheldwoord 'vieze Turk'. Ik was niet mondig genoeg om ze te vertellen dat ik thuis heus wel douchte.

17

Op school had ik niet veel vrienden, alleen Vidja, een meisje uit India. Zij werd af en toe gepest met het woord video, en dat vond ze al niet leuk, terwijl ik liever werd uitgescholden voor video dan voor vieze Turk.

Ik werd de pest-turk van de klas, de enige Turk op de hele school. Mijn vader wilde niet dat ik op een school zat met veel Turkse kinderen, want dan zou de verleiding groot zijn om de hele dag Turks te praten en dat was niet bevorderlijk voor het leren van de Nederlandse taal. Hij had nog gelijk ook, want ik deed tien keer harder mijn best om me duidelijk te maken. Misschien leerde ik hierdoor sneller Nederlands, maar het gevoel van eenzaamheid groeide net zo snel als mijn taalontwikkeling.

18

Op een dag hadden ze mijn zakje met knikkers gestolen. Ik ben er nooit achter gekomen wie het had gedaan. Misschien wel de hele klas met elkaar, geen idee. Ik liep versuft naar huis en durfde het niet aan mijn moeder te vertellen. Mijn moeder had het al moeilijk genoeg. Maar nu mijn knikkers waren gestolen zou ze wel vragen waar ze gebleven waren en als ik zou zeggen dat ik ze kwijt was, zou ze dat zeer slordig van me vinden. Ik hield zoveel van mijn moeder dat ik altijd de wens had dat ze mij perfect zou vinden en zeker niet slordig, maar de waarheid zou haar te veel pijn doen. Ik besloot maar te zeggen dat ik ze had verloren, dan zou ik ook een beetje falen, maar dat kon ieder gebeuren bij een spel. Ik zat op het pleintje voor ons huis te tobben, toen er ineens een jongen uit mijn klas voor mij stond. Hij heette Radjen. Hij keek mij aan, even dacht ik dat we misschien vriendjes zouden worden, maar toen kwam een Nederlandse klasgenoot, Hans, bij hem staan en die zei: 'Blackdumus.' Ik had geen idee wat dit betekende, en toen gaf Radjen mij een schop. Mijn moeder rende het plein op en begon in het Turks te schreeuwen: '*Bunu nasil yapabilirsiniz*,' wat neerkomt op: 'Hoe durven jullie.' Ze had een mes in haar handen en die jongens wisten niet hoe snel ze moesten wegrennen. Ik was gechoqueerd dat mijn moeder, die in onze familie wel eens 'de liefdesgoeroe' genoemd werd, met een mes rondliep. Daarom dachten mensen natuurlijk dat Turken messentrekkers waren, mijn moeder had daarvoor gezorgd. Ik vroeg verbaasd: 'Wat doe jij nou?' Ze keek naar haar hand en schrok zelf ook: 'Ooh, ik heb me helemaal niet gerealiseerd dat ik een mes in mijn handen had, ik was uien aan het snijden en toen keek ik naar buiten en zag dat jij een schop kreeg van die jongen en ik schrok daar zo van, ik holde naar buiten zonder erbij na te denken. Daarom renden die jongens natuurlijk keihard weg, ooh, wat gênant. Maar het had wel effect,' zei ze lachend en gaf mij een knuffel. Dit was het mooiste wat er was, een echte knuffel van je moeder, je veilige thuishaven waar alles kan en mag, de beschermvleugels van je moeder, het allerzoetste wat je kan hebben.

19

Ik bleef nadenken over het woord 'blackdumus', wat kon dat betekenen?

Ik vroeg het aan mijn moeder. Ze sprak geen Engels maar wist bijna alle kleuren en getallen en ingrediënten uit Engelse kookboeken. 'Black betekent zwart, maar wat is nou dumus; het lijkt op het Turkse woord domuz,' zei ze, 'maar dat kan hij toch niet weten.' Toen herinnerde ik mij dat Hans een paar dagen geleden mijn woordenboek inkeek, toen moest hij het opgezocht hebben. Domuz betekent varken in het Turks, dat was dus wat hij zei, zwart varken. Een varken is het ergste wat je kunt zeggen tegen een moslimmeisje. Volgens de islam is een varken een onrein beest, daarom is het ook verboden het te eten. Hij wist dat een varken bij ons onrein was, want dat had de leraar uitgelegd in de klas naar aanleiding van een traktatie in de klas.

Een paar dagen geleden had een jarige bij ons in de klas getrakteerd. Dat vond ik zo leuk aan Nederland, als iemand jarig was, kreeg de hele klas wat lekkers, in Turkije gebeurde dat niet.

Deze traktatie zag er anders uit dan marsjes en mandarijntjes. Ik wist niet wat het was, maar ik pakte er wel een, een augurkje gerold in boterhamworst. Ik smulde ervan, ik had dit nog nooit gehad maar het was wel lekker. Tot mijn Friese leraar kwam en zei: 'Dat mag jij niet hebben, want het is varkensvlees!!' Hij bedoelde het waarschijnlijk goed, maar de eerste hap vond ik zo lekker dat ik een tweede niet wilde missen. Ik had geen keus. De jongen die jarig was begreep ook niet waarom de leraar dat rolletje uit mijn handen nam, en zo voelde de leraar zich geroepen de klas uit te leggen hoe het zat.

Eenmaal thuis vertelde ik mijn moeder van het incident, en vroeg haar waarom ik eigenlijk geen varkensvlees mocht. Tot dat moment had ik het me nooit afgevraagd. Ik dacht altijd dat het vies was en dat het daarom niet mocht, maar nu wist ik wel beter, het was gewoon 'bah, wat lekker!'. Mijn moeder kon het altijd leuk vertellen en ze begon. 'Een varken is een onrein beest omdat hij niet herkauwt. Het voedsel dat hij opgeslagen heeft verwerkt hij niet opnieuw en daarom is hij zo vet en dat is niet gezond voor je lichaam. Bovendien bederft varkensvlees eerder dan andere soorten, en dat was vroeger toen er nog geen koelkast bestond ook belangrijk.' Als kind van tien interesseerde het mij weinig wat nu gezond en niet gezond was. Chocolade was ook niet gezond en toch was het heel lekker, twintig jaar geleden wist niemand nog van de varkenspest, anders had mijn moeder vast gezegd dat het erg ongezond was omdat die beesten ook nog eens gepest werden door God.

Behalve varkensvlees zijn sigaretten en alcohol taboe.

Maar als je het toch wilde moest je het maar doen, dat was je eigen keuze. Ik was te jong voor een eigen keuze, vond mijn moeder. Mijn vriendin Vidja kwam uit India en zij had het hindoestaanse geloof. Zij mocht weer geen rundvlees eten. Op een dag at ik bij haar. Zij aten met hun handen, dat mocht ik thuis nooit en ik vond het erg spannend. Zij aten geen koeienvlees omdat een koe melk gaf, net als een moeder. Daarom was een koe net zo heilig als een moeder. Ik kon het allemaal niet meer volgen, waarom aten we überhaupt vlees, onze buurvrouw was vegetariër en die had het erg makkelijk. Inmiddels is de koe ook gek geworden van al die geloven en het varken kreeg de pest omdat hij toch niet gezond was voor het menselijk lichaam.

20

Ik wilde mijn opa bellen, hij was theoloog en wist alles van geloven. Mijn moeder zei: 'Ik begrijp dat je in de war bent, als we nu in Turkije woonden dan leefde je in één soort geloof en wanneer er maar één is van iets dan is er geen verwarring, maar zodra je kunt vergelijken komt er verwarring en een tijd om te kiezen.'

'Moet ik dan kiezen voor een geloof?'

'Kijk, er zijn vele geloven, maar er is maar één God, en dat zorgt er in ieder geval voor dat je niet verward daarover raakt.'

'Maar als er maar één God is waarom zijn er dan zoveel geloven?'

'Er zijn toch ook zoveel soorten mensen.'

'Ja, en dus?'

‘De kern en het uitgangspunt van bijna alle geloven is reinheid, puurheid, eerlijkheid, behulpzaamheid en dat er een God is. Maar ieder geloof heeft zijn eigen regels. Zo zijn er bij de islam vijf geboden: een bezoek naar Mekka, *Zekat*: hulp aan de armen, vijfmaal daags bidden, vasten in de vastenmaand en geloven in een God de almachtige.’

‘Ja, en geen varkensvlees eten, en vrouwen moeten een hoofddoek op, en mannen moeten besneden worden, en vrouwen mogen niks, en geen alcohol drinken, je zegt wel dat er maar vijf geboden zijn maar er zijn honderden andere regels die er nog bij komen.’

Mijn moeder glimlachte, en als zij glimlachte dan leek dat een zon die scheen op een grauwe dag. Het was hemels als zij glimlachte. Zij wist alles, in mijn ogen.

‘Luister, je bent nog maar tien jaar. Toen ik zo oud was als jij, had ik deze vragen ook en ik ging naar mijn vader, hij is heel wijs, en had zich dezelfde vragen gesteld. Om te beginnen hoefde ik helemaal geen hoofddoek op als ik dat niet wilde, daar kwam bij dat het alles met de interpretatie van de koran te maken had. “Je edele delen die een lustobject kunnen zijn voor het andere geslacht moet je bedekken,” zei hij. Mijn eerste vraag was dus, wat waren je edele delen. Mijn vader zei dan: “Wat voor de een het haar is, zijn voor de ander de benen. Dat is in de koran niet helemaal helder. Wellicht zijn er daarom zoveel soorten moslims. Als je de moslims in Indonesië vergelijkt met Marokko, Turkije, Irak of Iran zie je een groot verschil. De moslims in Indonesië zijn niet zo bedekt als de moslims in de Arabische landen. Ik zal mijn dochters nimmer dwingen om een hoofddoek te dragen. Als jullie interpretatie dat nodig acht moeten jullie dat doen en anders niet."

Ik heb mijn vader ook gevraagd waarom we geen varkensvlees mogen eten en hij vertelde dat het ongezond is.

"Het is een onrein dier, hij herkauwt niet, slaat alles op, is vet en zijn vlees is slecht voor het lichaam van de mens, niet alleen vanwege het geloof maar het is ook medisch bewezen, het is heel eenvoudig en ook absoluut geen ramp om het niet te eten, het is gewoon niet gezond voor je."

"Ik heb nog nooit varkensvlees gezien, hoe ziet dat eruit?" vroeg ik hem. "Ik heb het ook nooit in het echt gezien maar volgens wat ik in de boeken heb gezien zag het er wat rozig uit," zei mijn vader.

"Bah, wat vies, hè papa?", "Ja, heel vies." En weet je,' zei mijn moeder, 'die zin van mijn vader, "ja heel vies" heb ik jarenlang in mijn hoofd gehad, totdat ik in Nederland kwam wonen en voor het eerst in een gewone, alledaagse supermarkt varkensvlees zag. Het rozige vlees leek verdacht veel op de kleur van kalfsvlees. Nee, het zag er niet vies uit. Psychisch was het vies, dat klopte.

Mijn vader had ook een eigen theorie waarom we vijf keer per dag bidden. Hij dacht dat het goed was voor de mens om vijf keer per dag bezig te zijn met het goede, jezelf tot God de almachtige te keren en een soort meditatie te creëren. Eén worden met je ziel, lichaam en God. Al zou je kwaad in gedachten zijn, wellicht zal het bidden je kunnen brengen tot goedheid. Daar komt nog eens bij dat het een soort lichaamsbeweging is, bukken, opstaan, je voelt het echt in je beenspieren.'

21

'En weet je, lieverd, het klopte wat mijn papa zei. Nu ik in Nederland ben, heb ik voor het eerst gezien wat yoga is. Ik zag het bij onze buurvrouw, ze ging zitten mediteren, het reinigen van je geest noemt ze het. Het leek erop. De bewegingen zijn anders, het gebed is totaal anders, maar tot jezelf komen en één worden met de macht van de natuur, daar zit echt een overeenkomst.'

'Mama, kan je stellen dat wij mensen schapen zijn en daarom een herder nodig hebben?'

'Hoe kom je daar nu bij?'

'Gewoon.'

'Misschien wel, als je het heel kleinschalig bekijkt, heeft ieder lammetje een wijzer schaap nodig om het begin van het leven te overleven. Kijk maar naar jou, hoeveel vragen je hebt. Ik had mijn vader voor mijn vragen.'

'En oma dan?'

'Mama was een vrouw van de logica en geen gemaar of gezeur of vele vragen, dat vond ze overbodig.'

'Dus ik ben moslim omdat jullie dat zijn, en ik moet moslim blijven omdat dat het beste geloof is met zoveel goede argumenten?'

'Ik heb niet gezegd dat je moslim moet blijven, of dat dat het beste voor je is, daar moet je zelf achter zien te komen.'

'Maar mam, je zegt dat er één god is, maar laatst was ik bij Rashida, en die liet mij een beeld zien en ze zei dat dat beeld hun godin was. Het was een vrouw met zes armen en een olifantenslurf in plaats van een neus.'

Ik dacht: nu heb ik mijn moeder eindelijk zover dat ze geen antwoord heeft.

'Er zijn mensen die in tempels geloven, er zijn mensen die in beelden geloven, boeddhisme is daar één van, zij hebben een vrij geloof. Het is logischer om te geloven in een beeld dat tastbaar is dan in een god die je niet ziet, maar geloof mij, uiteindelijk is er één God.'

Weer had ze een antwoord, alleen begreep ik nog steeds niet hoe het nou echt zat.

'Weet je,' ging mijn moeder verder, 'het verschil is dat ik leefde in een islamitisch land. Ik had niet zoals jij Hindoestanen, christenen, katholieken, in de klas. Alleen zaten bij ons ook twee joodse kinderen in de klas, en dat was niet eens zo'n groot verschil. Zij mochten ook geen varkensvlees eten, de jongens werden ook besneden en zij vastten ook, op Jom Kippoer. Ik had een joods vriendinnetje en wij hadden wel twintig dingen gemeen van ons geloof. We hadden afgesproken dat we eigenlijk hetzelfde waren. We noemden onszelf mojo's, maar dat vertelden we aan niemand, want we wisten dat noch haar vader noch mijn vader het daarmee eens zou zijn.'

'Mam, je zegt dat ik moslim ben, maar hoe komt dat dan, ik heb er toch helemaal niet voor gekozen?'

'Dat klopt, je hebt er niet voor gekozen, maar je bent het wel omdat je ouders dat zijn.'

'Net zoals ik een Turk ben omdat jullie dat zijn?'

'Ja, zoiets.'

Ik zag aan haar gezicht dat ze zelf ook aan het nadenken was of het allemaal wel klopte.

'Ik begrijp het niet, christenen moeten worden gedoopt om christen te worden, maar bij ons gebeurt er niets, wie zegt dan dat wij toch moslim zijn?'

'Je bent moslim vanaf je geboorte.'

'Dus als de christenen niet gedoopt zouden worden, dan zijn ze eigenlijk moslim, want zo zijn ze geboren?'

'Ja, zo zou je het kunnen stellen.'

'Maar waarom moest mijn broer dan ook nog eens besneden worden om een goede moslim te zijn?'

'Omdat dat een van de regels is van het moslim-zijn en die regels moet je volgen om een goed, rein en sterk mens te zijn. Mijn joodse vriendin en ik vonden het zo leuk dat het altijd de jongens waren die wat moesten doen, de joodse jongens moesten ook besneden worden.'

'Waarom is er dan niets voor de vrouwen?'

'Ik moet je eerlijk bekennen dat het mij nog steeds niet is gelukt om op die vraag een antwoord te geven. Mijn vriendin Gabriel en ik hadden verzonnen dat meisjes al perfect geboren werden, daar hoefde niets meer aan te gebeuren. Toen Gabriel ons grapje aan haar vader vertelde moest hij lachen en zei dat meisjes misschien juist helemaal niets waard waren. Maar we geloofden hem niet, we hielden het op de perfectie van de meisjes, en dat gaf ons een goed gevoel.

Weet je wat, ik begrijp dat je vele vragen hebt. Eén ding moet je onthouden, je ouders zijn moslim, maar wel liberaal, dat betekent dat je vrij opgevoed wordt. Wat voor geloof je later kiest zal jij uiteindelijk bepalen. Ik kan het je niet opdringen, wel zal ik je altijd vertellen wat goed is aan het moslimgeloof, maar de echte beoordeling zal je zelf moeten doen. Als je groter wordt en interesse hebt, moet je de koran, de bijbel en de thora lezen, en zelf een conclusie trekken uit al die geloven. Misschien word je wel een boeddhist. Ik wil dat jij gelukkig bent, dat is het enige wat ik als moeder wil en dat was ook het enige wat mijn moeder van mij wilde.'

'En mama, ben je gelukkig?'

Ze was stil en keek voor zich uit, ik zag dat ze tranen in haar ogen kreeg die ze het liefst wilde verbergen. Ze haalde diep adem en glimlachte: 'Weet je, geluk is de kunst om een mooi boeket te maken met de bloemen die je hebt, en die kunst beoefen ik elke dag.'

22

Zij zegt: Jij kunt altijd alles aan mij vragen.

Ik zeg: Alles?

Zij zegt: Ja, je kan altijd alles aan mij vragen, maar dat weet je toch al?

Ik zeg: Ik heb er soms moeite mee, dat alles altijd verandert. Mijn vraag is dus: Waarom verandert altijd alles?

Zij zegt: Als iets niet verandert, wordt het gewoon. En als iets heel lang gewoon blijft, vergeet je wat het is. Daarom verandert altijd alles!

23

Mama had inmiddels vrienden gemaakt en begon zich een beetje thuis te voelen. Althans, haar gevoel van eenzaamheid werd minder. Ze had een Turkse vriendin en een Nederlandse buurvrouw die haar vriendin aan het worden was. Met gebaren communiceerden ze, vooral over koken. Via allerlei kookboeken en door het tonen van groentes praatten ze. Onze buurvrouw leerde mijn moeder de kleuren en getallen in het Nederlands.

Ik herinner me een gesprek tussen mijn moeder en de buurvrouw. We woonden pas acht maanden in Nederland en mijn moeder probeerde onze buurvrouw te vertellen over haar familie in Turkije. Ze had een woordenboek Turks-Nederlands bij zich en bladerde erin op zoek naar woorden om iets duidelijk te maken. Ze had een zin bij elkaar gezocht en zei: 'Mijn broer is het hoek om gegaan.' De buurvrouw betreurde dat. 'Ooh, wat jammer,' zei ze. 'Nee, niet jammer,' zei mijn moeder dan. De buurvrouw vond het een beetje raar dat mijn moeder dat niet jammer vond van haar eigen broer. Mijn moeder zocht het woord 'mooi, goed' op. Nu was de buurvrouw helemaal in de war. Ik zat in een hoekje huiswerk te maken, hoorde het gesprek aan en moest hardop lachen. In het Turks betekent het hoekje om gaan: door goede zaken te doen snel rijk worden.

Zo verliep de communicatie vaak, maar mama maakte echt vorderingen. Met haar Turkse vriendin ging de communicatie veel dieper. Met haar deelde ze alles. Je merkte dat zij specialer voor mama was dan de buurvrouw, maar dat was volgens mijn moeder logisch.

Op een dag kwam mama's vriendin op bezoek. Het was een lieve dame, die net als mijn moeder veel had meegemaakt. Aylin, heette ze. Meestal wisselden ze problemen uit, en dan voelden ze zich beiden lekker omdat ze niet de enige waren. Ik deed alsof ik niet naar ze luisterde en mijn huiswerk maakte, maar ik was één en al oor. Zo hoorde ik tenminste zo nu en dan wat mijn moeder echt voelde.

Zodra Aylin binnenkwam werd ze hoffelijk ontvangen en vroeg mijn moeder of ze wat wilde eten, een van haar stelregels. ‘Je hoort aan ieder die binnenkomt eerst te vragen of ze wat willen eten, die zin is een welkomstzin, zodat de gast zich altijd thuis voelt,’ zei ze dan tegen mij in alle ernst. Ze had gelijk, want iedereen die bij ons thuis kwam voelde zich welkom en ging met een goed gevoel weg en kwam gauw weer terug.

Maar tante Aylin wilde bijna nooit wat eten. Ze vroeg altijd om een Turks bakje koffie. Mijn moeder ging dan bij haar koffiedik kijken: het voorspellen van de toekomst door middel van de figuren die de koffieprut vormde in het kopje. Vervolgens ging tante Aylin mijn moeders toekomst voorspellen. Ik begreep dat nooit. Als de toekomst twee dagen geleden al een keer was voorspeld, dan was die nu toch nog steeds hetzelfde?

‘Nee, dat is niet waar,’ zei mijn moeder. ‘Elke stap die je zet, elke beslissing die je neemt, iedere handeling die je doet, elke dag verander je je toekomst. Dus elke dag ziet je toekomst er anders uit. Er is een weg naar je lot gepland, maar je *ratio* kiest het goede pad voor jou op dat moment. Misschien blijkt later dat dat de verkeerde weg is geweest, maar je was er zelf bij toen je hem koos. Daarom moet je weten dat ondanks dat alles voor je gepland is, jij zelf de baas bent over je keuzes en die keuzes bepalen je werkelijke toekomst.’ Overal had ze een uitleg voor, of die klopte wist ik niet, maar ze vertelde het altijd zo overtuigd dat ik erin begon te geloven.

Mijn moeder begon Aylins koffiedik te lezen.

‘Er is iets gebeurd waardoor je bent gaan twijfelen of

je nog moet blijven of niet, maar de figuren vertellen dat je blijft, dat doe je altijd.'

Tante Aylin kreeg tranen in haar ogen, en voordat mijn moeder haar verhaal af had begon ze te vertellen.

'Elke dag ga ik naar mijn werk om half zes. Ik kom om twee uur weer thuis. Op een dag zei mijn buurvrouw die heel veel om mij geeft: "Waarom blijf je morgen niet ziek thuis?" "Ik heb het geld hard nodig," zei ik tegen haar en ging naar mijn werk. Maar ze bleef aandringen. Ik zei: "Wat is er toch?" "Niets," zei ze, "wil je dan gaan en na een uur werken weer terugkomen, speciaal voor mij?" Ik kon niet plaatsen waarom ze zich zo vreemd gedroeg. Misschien was ze ziek en wilde ze daarom graag dat ik bleef. Ik ging toch naar mijn werk, maar om negen uur zat die vraag nog in mij: waarom wilde ze toch dat ik thuis bleef? Ik meldde me ziek en ging naar huis. Ik zag dat mijn man thuis zat, zijn werk begint pas om vijf uur, hij werkt in een restaurant. Toen hij mij zag vroeg hij zenuwachtig: "Waarom ben je nu al thuis?" Ik zei dat ik hoofdpijn had. Hij liep haastig van het ene raam naar de andere. Om elf uur hoorde ik de deurbel, ik deed open en het was de buurvrouw van de overkant. Ze begon te stotteren en werd rood en vroeg of ik suiker voor haar had. Natuurlijk had ik suiker voor haar, maar tegenover ons huis is een supermarkt. Ze had in al die vijf jaar dat we hier wonen nooit om iets gevraagd. Ik zei: "Kom maar naar binnen, dan pak ik het voor je." Ze trilde. Ik zag dat ze mijn man amper kon groeten, en mijn man zei niets terug. Toen ze wegging realiseerde ik mij opeens waarom de buurvrouw naast mij had gewild dat ik thuis bleef.

Mijn man ging naar het koffiehuis en toen stond

buurvrouw Maartje voor de deur: "Ik zag dat hij weg-ging en ben gauw gekomen, sorry, dat het zo moest, maar ik wilde dat jij het met je eigen ogen zag. Dit gebeurt nu al bijna acht maanden en ik kon het niet meer aanzien dat zo'n lieve vrouw als jij zo verraderlijk belazerd werd." '

Ik was heel benieuwd naar wat mijn moeder te zeggen had, overal had ze een wijs antwoord. Mijn oren werden groter om alles te horen.

'Natuurlijk doet het pijn als je hoort dat je man met een ander wat doet, maar het is niet eens de daad maar meer het feit dat hij je belazert. De grootste pijn die ik had, was toen ik ontdekte dat hij het ook met mijn beste vriendin deed. Niet één keer, maar meerdere keren. Mijn vriendin heeft me dit verteld toen ze erachter kwam dat hij ook wat had met een buurvrouw met wie ik ook heel goed omging. Die pijn was onbeschrijfelijk. Ik had nooit verwacht dat ik de enige vrouw zou zijn waar hij wat mee deed tijdens ons huwelijk, maar dat hij het op zo'n verraderlijke manier zou doen! Voor hem was de spanning groter als de vrouwen een belangrijke rol speelden in ons leven. Een hoer gaf hem die spanning niet. Dat gaf hij als antwoord toen ik hem vroeg waarom juist zij.

Net als een wond op den duur uitbloedt en een korst gaat vormen, zo is ook mijn wond. Hij zal nooit helemaal helen, maar ik ga er niet aan krabben om nog meer littekens te voorkomen. Ik heb het nu geaccepteerd, hij is zo. Het doet me veel minder pijn, eigenlijk helemaal niet meer. Als een vrouw accepteert dat haar man haar bedriegt, dan bedriegt ze in ieder geval zichzelf niet. Ik denk dat mijn pijn ophield op de dag dat hij zich met geweld aan me vergreep. Toen is mijn ziel even uit mijn lichaam geweest, het enige wat daar nog lag was mijn lichaam. Ik had geen medelijden met mezelf maar met hem, hij zou nooit meer echt de liefde bedrijven, noch met mij noch met andere vrouwen. Die grens was hij nu voorgoed voorbij. Deze theorie heeft me eigenlijk altijd sterk gemaakt.

Geloof me, je kan leven met een litteken. Want dat is toch de uiteindelijke kracht in het leven: te allen tijde liefde kunnen voelen voor de ander, wat die je ook aandoet. Haat is een bewijs van zwakte.'

Ik zag uit mijn ooghoeken dat mijn moeder even in mijn richting keek. Ik denk dat ze in trance het verhaal heeft verteld, zonder te beseffen dat ik daar zat. Ik deed alsof ik heel erg verdiept was in mijn huiswerk en totaal niets had gehoord.

Mijn moeder vroeg: 'Wil je een glaasje water brengen.' Ik deed alsof ik haar niet hoorde. Misschien was ze aan het testen of ik hen aan 't afluisteren was. Ze vroeg het nog een keer, en ik deed weer alsof ik haar niet hoorde. Toen hield ze op. Ze was me dus echt aan het controleren geweest. Nu ze zeker wisten dat ik verdiept was in mijn huiswerk konden ze verder praten.

'Goh,' zei tante Aylin, 'dit had je me nooit verteld.'

'Nee,' zei mijn moeder, 'ik vond het ook niet nodig. Wat moet je met zo'n verhaal. Maar nu vond ik het een goed moment om het je te vertellen, zodat je weet dat je niet de enige bent, en misschien heb je wat aan mijn theorie.'

'Waarschijnlijk heb je gelijk. Het heeft geen zin om hem hiervoor te verlaten. Zijn daad doet me inderdaad minder pijn dan zijn bedrog. Maar ik vind het heel moeilijk om ermee om te gaan, en die haat-liefdetheorie van je: op dit moment haat ik hem.'

'Het komt wel goed,' zei mijn moeder.

Wat een loze, domme zin vind ik dat. Het wordt ook te pas en onpas gebruikt. Wat komt goed?

Zal het ooit goed komen dat haar vertrouwen intens is beschaamd? Zal het ooit goed komen dat haar man en de overbuurvrouw haar misschien hebben uitgemaakt voor domme gans die niets doorhad?

Nee, mama, nu praat je onzin, dit komt nooit meer goed! Dit had ik willen zeggen, willen krijsen, maar ik hield mijn mond en speelde de rol van voorbeeldig kind dat huiswerk aan het maken is.

24

Er werd hard geklopt. Voordat ik wat kon zeggen, stonden er twee politiemannen naast mijn bed. Ze zeiden dat ik eruit moest. Ik dacht dat ik mijn bed uit moest, maar ze bedoelden: de trein uit.

We waren bij de grensstad Tionville in Frankrijk aangekomen, en ik mocht Frankrijk niet in want ik had geen visum voor dat land. Ik moest eruit, nu direct. Ik mocht niet door het land reizen, want wat garandeerde hun dat ik bij het volgende station niet zou uitstappen? Om zeven uur in de ochtend werd ik verwacht in Milaan, daar zou mijn vriendin mij ophalen. Het was nu één uur 's nachts, en ik moest de trein uit. Ik kleedde me aan en pakte mijn spullen. De man die geen gans was, sliep rustig door, of deed alsof.

Ze stuurden me met de eerste nachttrein terug naar Luxemburg, daar kon ik dan de volgende ochtend naar het Franse consulaat om een visum aan te vragen voor Frankrijk.

Ik haatte autoriteiten, ik haatte de politiemensen overal ter wereld die hun werk deden zonder na te denken. Ik haatte onrechtvaardigheid, maar mijn haat kwam niet voort uit dit ene incident.

De eerste politiemannen die ik in mijn leven had gezien waren de politiemannen die mijn broer hadden meegenomen.

Ik was vijf jaar oud.

25

Op een ochtend om zes uur werd er driftig bij ons aangebeld. Mijn vader rende naar de deur en ik ging uit nieuwsgierigheid achter hem aan. Hij deed de deur open. Er stonden twee politiemannen voor de deur, ze vroegen naar mijn oudste broer. 'Waarom?' vroeg mijn vader. 'We hebben een bevel om hem mee te nemen naar het bureau,' zei een van de politiemannen. 'Maar waarom dan, wat heeft hij gedaan?' vroeg mijn vader angstig. Inmiddels stonden mijn broers, mijn moeder en zus er ook bij. Mijn oudste broer zei trots: 'Ik heb niets gedaan, maar als u een bevel hebt ga ik wel met u mee, dat maakt het voor u makkelijker.' Hij was achttien jaar maar hij klonk als een rijpe, volwassen man. Mijn vader ging met hem mee. Mijn moeder begon te tobben wat er aan de hand kon zijn. Mijn andere broer begon te speculeren: 'Gisterenavond is hij gaan stappen met zijn vrienden, misschien heeft hij wel te veel gezopen en de orde verstoord.' 'Nee,' zei mijn moeder, 'zo is hij niet, het is een hele rustige jongen.'

Mijn zus zei: 'Ach, jullie moeten je niet zo druk maken, misschien is het maar een vergissing.'

Ik hoefde niets te zeggen, want ze zouden in zo'n ernstige situatie toch niet naar een vijfjarige luisteren.

Misschien wel als ik ze had verteld dat ik pijn voelde, ik voelde een onverklaarbare pijn in mijn hart. Ik zei daar maar niets over, want mijn moeder maakte zich altijd ernstige zorgen als het om mijn hart ging. Ik ben geboren met een lichte hartafwijking, een van de kamers in mijn hart krijgt trager zuurstof dan de andere kamers, maar het was niets ernstigs. Ik kon wel honderd worden met zo'n hart, volgens de arts.

Het werd tien uur, en mijn broer en vader waren nergens te bekennen. Mijn moeder belde naar het politiebureau, en kreeg te horen dat mijn vader onderweg naar huis was. Mijn moeder hing op en zei gerustgesteld: 'Ze komen eraan.' Kort daarna ging de deur open en kwam mijn vader binnen, alleen. Mijn moeder vroeg waar Nusret was. 'Hij moest blijven,' zei mijn vader, die plotseling wel tien jaar ouder leek. We durfden amper adem te halen. Mijn vader ging zitten, stak een sigaret op en vroeg of ik water voor hem wilde halen. Het is in Turkije gebruikelijk dat de kleintjes voor dit soort klusjes opdraaien. Haastig haalde ik een groot glas water. Onderweg verloor ik de helft, zo graag wilde ik erbij zijn als hij begon te vertellen. Mijn vader keek naar de grond en had nog niets gezegd. Hij had dat glas water echt nodig om bij te komen; alsof hij snakte naar iedere druppel die ik hem gaf, zo gulzig dronk hij het leeg.

Hij zuchtte diep en zei: 'Hij moest daar blijven, morgen moet hij voor de rechter verschijnen.'

‘Maar wat heeft hij dan gedaan?’ vroeg mijn moeder.

‘Volgens zijn verhaal het leven van een meisje gered en volgens de aanklacht een man beroofd.’

‘Mijn zoon zou nooit iemand beroven, nooit, dat weet ik vanaf de dag dat ik hem op de wereld heb gezet,’ zei mijn moeder met tranen in haar ogen. Ik geloofde haar, mijn moeder wist immers alles.

‘En verder?’ vroeg ze.

‘Er is geen verder, dit is wat de politie mij heeft verteld, ik heb niet eens met hem mogen spreken, hij werd meteen meegenomen en in een kamer verhoord. Ik moest wachten op het bureau, en toen kwam een politieman mij na vier uur dit vertellen en dat hij morgenochtend om half negen voor de rechter moet komen.’

‘Moet mijn zoon nu een hele nacht in een cel doorbrengen, terwijl we niet eens weten wat hij gedaan heeft, dit kunnen we niet pikken, begrijp je, dit mogen we niet toestaan,’ schreeuwde mijn moeder. ‘Bel een advocaat, bel een van de hoge piefen die je kent, bel belangrijke kennissen van je, doe iets, zit toch niet zo versuft naar de grond te kijken.’ En ze greep naar de telefoon. Mijn moeder die altijd lief, rustig en vooral beheerst was leek een tijgerin die vocht voor het leven van haar jong. Mijn broer en mijn zus waren doodstil geworden van het verhaal. Ik had er niets van begrepen en durfde ook niets te vragen. Ik was verbijsterd mijn moeder zo te zien. Mijn vader probeerde haar gerust te stellen, door haar naar zich toe te trekken. ‘Het komt wel goed,’ zei hij.

Het was op een zondag dat dit alles gebeurde. Zondagen in ons huis waren heel mooi. Het was ontbijtdag, soms ontbeten we wel tot één uur. Mijn moeder bakte broodjes, niet één soort maar vier, soms vijf. Ook maakte ze allerlei eiergerechten. Zij was de baas over de keuken, al bepaalde mijn vader hoeveel er uitgegeven kon worden. Soms zag ik op tafel een tientje liggen, dat was dan mijn moeders huishoudgeld voor die dag. Vaak was het niet genoeg, maar mijn moeder probeerde dat aan ons niet te laten merken. Ik was klein, maar ik wist alles wat er in het huis gebeurde. Soms speelde ik dat ik een soldaat was in huis die alles in de gaten moest houden en alles moest weten, zodat er niets fout kon gaan. Ik hoorde mijn moeder een keer tegen mijn tante zeggen: 'Hij verdient genoeg maar hij geeft steeds minder geld om boodschappen te doen, ik denk dat hij zijn geld vergokt in die nieuwe club in de stad. Soms kom ik zo erg tekort dat ik niet meer weet wat ik moet koken.'

'Maak je geen zorgen,' zei mijn tante met haar zachte stem, 'je bent niet alleen, ik breng elke keer wel wat mee en je weet dat je altijd bij mij terecht kunt.' Mijn tante had een echtgenoot die goede zaken deed, hij had een stukje land geërfd van zijn vader en keihard gewerkt en er een fabriek gebouwd, een meelfabriek. Hij kocht al het graan van de boeren in de omstreken van de stad en maakte daar meel van. Hij deed goede, maar vooral eerlijke zaken, en zijn eerlijkheid werd beloond. Mijn tante kon naar iedere winkel gaan en pakken wat ze wilde op rekening. Mijn tante attendeerde mijn moeder daarop en zei: 'Wat je ook wilt, geef het aan mij door en ik zorg dat het gebracht wordt.' Moeder knikte, maar ik wist dat ze dat nooit zou doen. Ze was zeer trots, en het was al heel wat dat ze haar probleem aan mijn tante vertelde.

Op zaterdag was er markt voor groente en fruit. Mijn moeder nam mij altijd mee en ik vond het daar fantastisch. Ik kreeg van iedere boer een stuk fruit, ik mocht alles proeven. Mijn moeder vroeg mij een keer waar ik zin in had. Ik had zin in een banaan, en mijn moeder wilde een kilo kopen. Maar ze kwam geld tekort. Meestal keken de fruitboeren niet op een dubbeltje of kwartje, soms was zelfs een gulden tekort niet erg. Maar nu kwam mijn moeder wel twee gulden tekort en dat kon niet, dus ze liet de bananen liggen. Mijn moeder had tranen in haar ogen, dat zag ik, hoe erg ze het ook wilde verbergen. Ik zei om haar te troosten: 'Ik heb toch geen zin meer in bananen, zullen we naar huis gaan?' We liepen haastig terug naar huis. Mijn moeder struikelde over de stoeprand en viel, ik had haar hand vast en viel ook. Door de zanderige grond had mijn moeder haar knie opengeschaafd, en ik mijn hand. Ik heb er nu nog een litteken van. Een meneer die voorbijkwam hielp ons overeind. Mijn tante woonde heel dichtbij en daar liepen we heen. Mijn tante maakte de knie van mijn moeder schoon en mijn hand, beiden zaten we in het verband. Mijn nichtje Kadriye kwam met een fruitschaal vol bananen. Mijn moeder pakte een banaan en gaf die aan mij, ik zei: 'Nee', omdat ik wilde dat mijn moeder geloofde dat ik er geen zin in had en liep achter mijn nichtje aan naar de keuken. Ik vertelde haar wat er gebeurd was op de markt. Ze zei niets, ze luisterde alleen maar. Toen we vertrokken gaf mijn nichtje Kadriye mij een plastic tas, ik keek erin en hij zat vol met bananen, ze knipoogde naar me. Ik wist niet wat ik moest zeggen, ik voelde alleen een enorme liefde voor haar. Dit wilde ik later ook, mensen blij maken op slechte momenten.

Mijn moeder gaf haar een knuffel en we vertrokken. Toen ik die avond mijn vader een banaan zag eten werd ik woest en schreeuwde: 'Jij hebt niet betaald voor die bananen maar mijn oom!' Deze zin viel helemaal verkeerd bij hem. Vanaf die dag gaf hij meer geld voor boodschappen, want hij wilde niet iets wat een ander had betaald in zijn huis. En als hij zelf een diner gaf, moest alles het beste van het beste zijn. Hij hield ervan gul te zijn voor anderen. Soms leek het wel alsof mijn moeder kon toveren, ook al was er niets in huis, toch wist ze van alles te voorschijn te halen en ze maakte alsnog tien soorten gerechten. Daarom waren de ontbijttafels op zondag zo bijzonder, er was altijd van alles, of mijn vader geld gaf of niet. Maar die ene zondag zat er geen ontbijt in.

Mijn vader belde niemand, hij wist niet hoe hij dat moest doen. Hij zei: 'Ik heb geen persoonlijke advocaat, aan mijn vrienden vraag ik echt niets, dat is mijn eer te na, je moet nooit aan je kennissen in hogere kringen iets vragen in nood, want dan denken ze dat je ze daarom wilt kennen. Laten we maar gewoon wachten op morgenochtend. Als hij onschuldig is dan mag hij vast met ons mee en als hij inderdaad een man bestolen heeft dan moet hij maar een paar maanden in de cel om het af te leren.'

'Ik weet niet wat ik hoor,' zei mijn moeder, 'we kunnen toch niet gewoon wachten tot morgen terwijl mijn zoon onschuldig in een cel zit. Ik bel wel een advocaat.' Ze belde mijn tante, en mijn vader werd boos. Terwijl mijn moeder aan de telefoon was, schreeuwde hij: 'Ja, bel maar naar die zus van je die alles voor je regelt.'

De man van mijn tante gaf een telefoonnummer van een goede advocaat die hij kende. Mijn moeder belde hem, en het eerste wat ze te horen kreeg was zijn tarief. Daar ging mijn vader over. Mijn moeder hing op en vertelde het bedrag aan mijn vader, die ging akkoord. Hij belde de advocaat zelf terug en vertelde hem wat er gebeurd was. De advocaat zei dat hij mijn broer meteen zou bezoeken en vroeg mijn ouders de volgende ochtend op de rechtbank te komen.

Mijn broer en mijn zus moesten om half acht naar school. Mijn moeder had geen tijd meer om mij naar mijn tante te brengen dus moest ik mee naar de rechtbank. Ik vond het heel spannend, dat ik naar een plek ging waarover ik alleen maar enge verhalen gehoord had.

Om kwart over acht zaten mijn moeder en vader en ik bij de ingang van de rechtbank te wachten. Er kwam een bus aan met tralies, mijn broer werd uit de bus gehaald, hij was geboeid. Ik had mijn broer nog nooit zo gezien en begon te huilen. Hij zag me en knipoogde, alsof hij mij gerust wilde stellen. Mijn moeder, die dit alles opmerkte, begon ook te huilen. Nu had mijn vader het gevoel dat hij ons moest geruststellen. Hij zei: 'Het komt allemaal goed, over een halfuurtje mag hij met ons mee naar huis en dan is dit alles achter de rug.'

'Inşallah (als God het wil),' zei mijn moeder.

We mochten naar binnen. Het gebouw zag er grauw uit. De vloer was van grijs beton, de banken waren ook grijs geschilderd en de muren waren wit met grijs. De tafel waar de rechter aan zat was bruin. De enige kleur in die zaal was de toga van de rechter, die had een rode kraag. Het rook er muf. Ik vond het een vreselijke plek, en weer voelde ik die pijn in mijn hart.

De advocaat van mijn broer stak zijn verhaal af: 'Mijn cliënt heeft het leven gered van een onschuldig meisje. Hij en zijn vriend zaten in een park, 's avonds rond een uur of tien een babbeltje te maken, toen ze opeens gegil hoorden van een meisje. Ze gingen op het geluid af en zagen een man die een meisje probeerde te verkrachten. Ze hebben die man van haar afgetrokken en hem geslagen, woedend dat een mens tot zoiets in staat was. Het meisje liep hard weg uit angst. Mijn cliënt en zijn vriend hebben de man op de grond in het park achtergelaten. Mijn cliënt is tijdens het incident zijn identiteitskaart verloren. Hij werd de volgende ochtend opgehaald van zijn huis en heeft vanaf gisteren tot hedenochtend, onterecht, in een cel verbleven.'

Vervolgens nam de andere advocaat het woord: 'Mijn cliënt is een generaal, die al zijn hele leven opkomt voor de openbare orde. Hij moet lachen om dit absurde verhaal; hij liep daar in het park en werd door die twee jongemannen overvallen. Wij eisen *Gasp*[*].'

Mijn moeder zei: 'Oooh mijn God, laat het niet waar zijn, de straf voor Gasp is tien jaar.'

Ik schrok enorm.

De rechter deed uitspraak: 'We stemmen in met de eis en veroordelen de verdachte tot tien jaar celstraf.'

Mijn broer stond op en schreeuwde: 'Corrupte honden dat jullie zijn.'

De rechter zei koel: 'Vanwege het beledigen van het hof vermeerder ik de straf met nog drie jaar.' Hij stond op en liep waardig de zaal uit, alsof hij iets heel belangrijks had verricht. Mijn moeder stortte in, ze kon niet meer opstaan, had geen kracht meer in haar benen. 'Mijn baby, mijn baby,' jammerde ze. Ik huilde met haar

[*] *Gasp*: opzettelijk iemand lichamelijk kwaad doen omwille van geld of goederen.

mee. Ik had het gevoel alsof ik in een nachtmerrie was beland en ik wilde wakker worden. Maar dit was echt.

Mijn broer moest meelopen met de bewakers. Hij zag mijn moeder zitten huilen en riep naar mijn vader: 'Zorg dat je dat meisje vindt, je moet haar vinden.'

Dat was zijn enige redding.

Dat meisje dat aangerand was, kon zijn verhaal bevestigen en mijn broer en diens vriend redden. De vriend had ook tien jaar gekregen. Hij had zich ingehouden en het was bij tien jaar gebleven.

De vier ouders kwamen bij elkaar om te praten over de mogelijkheden om het meisje te vinden. Ze besloten een advertentie in de krant te zetten.

26

Een vrouw reageerde op de advertentie en vertelde aan mijn vader dat zij niet de vrouw van die avond was, maar dat zij wel een keer was aangerand in het park en ze zou zo voor mijn broer willen getuigen. Mijn vader bedankte haar, maar wilde toch dat meisje zoeken, want daar ging het echt om.

Elke dag huilde mijn moeder om mijn broer. De sfeer in huis was kapot, het familiegevoel was weg. Het deed me denken aan toen mijn oudste zus ging trouwen, en het huis uitging. Maar mijn moeder kon de verhalen over haar geluk zo leuk vertellen dat ik altijd wel een beetje haar aanwezigheid voelde. Nu bij mijn broer was het heel anders. Mijn moeder kon niets leuks meer vertellen en huilde voortdurend.

Op een ochtend hoorde ik mijn moeder tegen mijn

vader zeggen: 'Er is nu al een week voorbij, denk je dat we dat meisje ooit zullen vinden?'

'Ik weet het niet,' zuchtte mijn vader.

'En als we dat meisje niet vinden, wat dan, moet onze zoon dertien jaar in een cel zitten omdat hij een meisje van verkrachting heeft gered?'

'Is het weleens bij je opgekomen dat onze zoon dat inderdaad heeft kunnen verzinnen?'

'Hoe kun je zo wreed zijn, zoiets zou hij nooit verzinnen, nooit, dat weet ik net zo zeker als dat ik hem op de wereld heb gezet, een moeder weet dat.'

'Goed, goed, ik geloof hem ook wel, maar ik heb van die momenten dat ik mezelf die vraag stel. Dan nog snap ik niet waarom ze hem Gasp geven, die generaal moet ze haast wel omgekocht hebben, het kan niet anders. Daarom kwam dat "corrupte honden" natuurlijk zo hard aan. Maar God, laat het alstublieft niet waar zijn, want als ze echt omgekocht zijn dan zal zelfs de verklaring van het meisje er niet toe doen.'

Ik begreep niet alles wat ze zeiden, zag alleen de pijn in mijn moeders ogen. Ik was in die dagen heel braaf, althans dat probeerde ik te zijn. Mijn opa en mijn oma kwamen op bezoek en het eerste wat mijn oma deed was in de deuropening al mijn moeder omhelzen, ze begonnen samen te huilen daar bij de deur. Mijn opa omhelsde mijn vader. Deze omhels- en huilrituelen had ik nog maar één keer gezien, en dat was bij een begrafenis. Ik schrok en schreeuwde: 'Is mijn broer dood?'

Van die kreet schrokken zij weer. Mijn moeder tilde mij op, wat een zware taak was, want ik was erg dik op mijn vijfde, en zei: 'Nee, hij is niet dood, maar we zijn wel heel verdrietig dat hij nu niet bij ons is.' Dat stelde me gerust.

Wekenlang kregen we bezoek van iedereen die met ons meevoelde, maar niemand kon een oplossing vinden.

Mijn broer zat in de gevangenis tegenover ons huis. Vanuit het balkon keken we op het gevangenisplein. Mijn moeder had het altijd verafschuwd dat ons balkon uitzag op een gevangenis. Het was vreselijk dat we uitkeken op de mensen die gevangen waren terwijl wij de vrijheid hadden. Maar ze zei altijd: 'Mensen die slechte dingen doen moeten bij elkaar blijven en dat is het huis dat hen bij elkaar houdt.' Ik vroeg waarom mijn broer in het huis van de mensen die slechte dingen doen was geplaatst. Hij had toch niets slechts gedaan? Voor het eerst had mijn moeder geen antwoord. Het enige wat ze kon geven waren tranen. Ik kreeg spijt maar kon de vraag niet meer terugdraaien, dus ik huilde maar met haar mee. Ze nam me op haar schoot en haalde diep adem in mijn nek, alsof ze mij opzoog. Ik deed hetzelfde bij haar, ze rook naar lavendel. Ik zei dat ik van haar hield en smeekte haar altijd bij me te blijven.

Soms zagen we mijn broer op het plein en dan maakte hij gebaren, hij had ooit voorgesteld dat we de taal van de doven moesten leren, dan konden we communiceren op afstand. Maar verder dan het teken 'ik hou van je' ben ik niet gekomen. Hij had er een boek over besteld en kon het al aardig. Mijn moeder begon zich er ook in te bekwamen.

27

Er gingen drie maanden voorbij, en het leek erop dat ons leven zijn ritme hervond. Ik heb mijn moeder alleen nooit meer zien lachen als voorheen. De dag dat mijn broer werd overgeplaatst naar een gevangenis in een andere stad was weer een hel voor de hele familie. Mijn moeder werd zo ziek dat ze een maand in bed is gebleven. De arrestatie van mijn broer begon een schandaal te worden, de hele stad kende inmiddels het verhaal van de generaal. Zijn overplaatsing zou voor sommigen een opluchting betekenen. Iedereen dacht dat er sprake was van corruptie, maar mijn vader had gezegd: ‘Bewijs dat maar eens, wie zijn wij vergeleken bij die mensen die zoveel macht hebben, we zijn maar gewone burgers en mijn zoon is een onschuldige jongen van achttien. Een makkelijke prooi.’ Ik begreep het nooit als ik mijn vader zo hoorde praten. Hij deed alsof hij eenzaam was, terwijl ik wist van mijn moeder dat hij veel mensen kende in hoge posities. Hij was zelf inspecteur van scholen, had overal een mannetje voor als het om zijn werk ging. Ik hoorde mijn moeder schreeuwen: ‘Overal heb je mensen voor als het om je eigen werk gaat, maar nu het om je zoon gaat, spreekt je trots.’

Hij schreeuwde terug. ‘Dat is mijn eer te na, ja, ook als het gaat om mijn zoon, sterker nog, ook als het zou gaan om mij persoonlijk, voor werk is het anders, dat snap je toch wel?’

‘Nee, dat snap ik niet, ik snap niets van de put waarin we zitten, helemaal niets,’ en ze liep weg.

Ik zat op de grond in de gang naar hem te kijken. Mijn vader keek mij aan en zei met een lieve stem: ‘Vanavond neem ik chocolade voor je mee.' Dat deed hij altijd, het was ongeveer de enige aandacht die hij me gaf. Toch hield ik wel van hem, al was het een soort 'cacaoliefde'.

Mijn slaapkamer was naast die van mijn ouders, en ik hoorde mijn moeder soms 's nachts huilen. Op een nacht hoorde ik haar zeggen: 'Terwijl mijn zoon in de gevangenis zit kan je niet van mij verwachten dat ik ook maar enige behoefte heb aan lichamelijk contact en genot.'

De volgende ochtend vroeg ik aan haar hoe het kon dat baby's in de wereld kwamen. Ze moest een beetje lachen en vertelde: 'Kijk, als een man en een vrouw gaan trouwen, dan geeft de man op de eerste huwelijksnacht een zoen op het voorhoofd van zijn vrouw als teken dat ze een kind willen, en die wens komt dan uit.'

'Hoe doen ze dan als ze meerdere kinderen willen,' vroeg ik nieuwsgierig.

'Dan geeft hij net zoveel kusjes als het aantal kinderen dat ze willen.'

'Waarom wilde mijn vader dan gisteren jou kusjes geven, willen jullie nog meer kinderen?'

Ik zag dat ze schrok, maar beheerst als altijd zei ze: 'Nee, maar soms kan je ook kusjes geven omdat je van elkaar houdt.'

Mijn zus, die erbij zat, vroeg: 'Houden jullie dan van elkaar?'

'Ja natuurlijk,' zei mijn moeder.

28

De grootste schok voor mij in Nederland was denk ik de waarheid over kinderen maken. Ik had op de lagere school uiteindelijk een Nederlands vriendinnetje, Esther. Op een dag toen ik bij haar aan het spelen was vroeg ze aan mij: 'Weet jij hoe de kindertjes op de wereld komen?' Ik zei dat ik dat wist. 'Hoe dan?' vroeg ze.

'Nou gewoon, de man geeft een zoen op het voorhoofd van de vrouw en zo komen er kindjes.'

Keihard begon ze te lachen. 'Echt niet,' riep ze en ze liep weg. Na vijf minuten kwam ze terug met een boekje in haar handen.

'Dit heb ik gevonden onder het bed van mijn ouders, kijk eens,' zei ze, en liet mij een pagina van het boekje zien. Het zag er vreselijk goor uit. Een vrouw die de penis van de man in haar mond stak. 'Wat stom,' schreeuwde ik.

'Zo komen de kinderen in de wereld,' zei ze heel trots.

Ik wilde het boekje niet eens aanraken, zo gechoqueerd was ik.

'Wij Turken maken heel anders kinderen,' zei ik en liep weg. Ik vertelde aan mijn moeder wat er gebeurd was en mijn moeder vond het een goed idee om voorlopig maar niet meer met Esther te spelen. 'Vrienden leiden je in een goede of slechte richting, als je niet sterk genoeg bent om zelf een richting te kiezen,' zei ze.

29

Het incident in de trein naar Luxemburg was niet te vergelijken met het onrecht dat mijn broer is aangedaan, maar bij ieder onrecht moest ik wel aan dit verleden denken. Vandaag is een stukje gisteren. Herinneringen zijn als metaal. Als ze mooi zijn worden ze gepoetst en glanzen ze, maar pijnlijke herinneringen, daar probeer je niet aan te denken, waardoor ze verroesten. Op dit soort momenten kwamen ze toch weer boven. Hoezeer je alles ook relativeert, je merkt dat je de littekens van de scherven van vroeger altijd blijft zien. Ik heb een fantastische vriend die erg zijn best doet om rekening te houden met mijn verleden, maar er zijn momenten dat ik toch flip, terwijl hij er niets aan kan doen. Wanneer hij zapt, word ik bijvoorbeeld onrustig en boos. Mijn vader deed dat altijd, hij bepaalde waar we naar keken. Dat vond ik vreselijk stom en irritant.

Het was half drie in de nacht toen ik in Luxemburg aankwam, waar ik een visum voor Frankrijk aan kon vragen.

Ik stapte uit de trein in Luxemburg, er lagen her en der junks in het stationsgebouw.

Tegenover het station lag een groot hotel. Ik liep erheen met mijn kleine koffertje in mijn hand en nam een kamer. Ik moest meteen bij het inchecken betalen. De prijs van de kamer was ongeveer even hoog als mijn zakgeld voor mijn verblijf in Italië. Ik had geen keus, ik kon moeilijk op dit tijdstip op zoek gaan naar een goedkoop hotel. Ik betaalde de driehonderdvijftig gulden met mijn creditcard, want ik had geen Luxemburgse franken bij me.

Het was niet zomaar een kamer; nee het was een kamer met bubbelbad en een enorm groot bed. Ik nam een bad, en het voelde alsof mijn vakantie was begonnen. Toen ik uit bad kwam was die vakantie alweer voorbij.

30

Ik sliep dus in een hotel in plaats van in een couchette. De rivier zal zijn eigen weg volgen.

Toen ik in bed lag, hoorde ik gegiechel vanuit de kamer naast mij. Een vrouw gilde af en toe en dat ging over in een schaterende lach. Ik dacht aan de nachten dat ik hoorde dat mijn moeder wilde gillen maar dat niet kon. Een stem die wilde schreeuwen maar werd gesmoord met een hand op de mond. Vele nachten hoorde ik dat, nachten dat mijn vader geweld gebruikte in bed.

Het leven vloeit als een rivier met kleine vertakkingen van bitter en zoet voort. Hoe bitter sommige vertakkingen ook zijn, je gaat verder. Je kan natuurlijk doordraaien omdat je de bitterheid niet meer aankunt, maar daar moet je tegen vechten. Wanneer ik nu kijk naar mijn leven, lijkt het alsof ik mijlen ver weg ben van het verleden. In mijn hart weet ik dat ik nooit meer daarnaar terug zal hoeven. Nooit zal ik die nachten van pijn vergeten, maar ik zal ze ook nooit meer meemaken, dat heb ik gezworen. De nachten dat ik mijn moeder hoorde zeggen: 'Ik heb geen zin, laat me met rust', mijn vader die aandrong, de voetstappen, mijn moeder die rondjes rende om het bed. Mijn vader dacht dat mijn moeder een spelletje speelde. Deze geluiden hoorde ik bijna elke nacht, tot de nacht dat mijn vader niet meer lief en geduldig wachtte op mijn moeder. Ik hoorde hem schreeuwen: 'Nu is het genoeg, je bent toch mijn vrouw toon dat ook eens in bed.'

'Vierentwintig uur bewijs ik je mijn dienst als je vrouw, ik kook, ik was, doe de boodschappen, ik heb je vijf kinderen gegeven, laat me met rust,' zei mijn moeder.

'Om te koken kan ik een kok huren, kinderen maken is ook geen moeite, misschien heb ik nog wel paar kinderen loslopen, maar een vrouw zijn in bed dat is wat ik van je wil.'

'Dan neem je daar toch hoeren voor.'

'Wat zeg je,' schreeuwde mijn vader, en ik hoorde dat hij mijn moeder wilde vastpakken, en mijn moeder zei: 'De kinderen slapen, alsjeblieft, laat me met rust.'

Misschien had mijn broer dit soort geluiden vroeger ook vaak gehoord en wilde hij dat meisje daarom zo graag redden. Misschien dacht hij aan mijn moeder en vader toen hij die man in elkaar sloeg.

'Nooit heb je gedaan wat ik je vroeg, niet voordat je zoon de gevangenis in ging en ook niet erna. Nu is mijn geduld op,' schreeuwde mijn vader, het interesseerde hem echt niet of de kinderen het hoorden of niet. Ik kreeg zweetdruppels op mijn rug. Ik hoorde dat mijn moeder wilde gillen, en het leek alsof mijn vader zijn hand op de mond van mijn moeder hield. Dit alles duurde ongeveer tien minuten, een eeuwigheid. Wel tien keer had ik op het punt gestaan om hun kamer binnen te rennen, maar ik durfde niet, ik was bang voor mijn vader en ook voor mijn moeder. Ze zou zich gegeneerd hebben om zo gezien te worden door mij. Ik bleef in mijn bed zweten, zuchten en uiteindelijk huilen uit machteloosheid. Na een halfuur hoorde ik iemand opstaan en naar de badkamer gaan. Ik wist niet of het mijn moeder of vader was, totdat ik de badkamerdeur dicht hoorde gaan. Toen wist ik zeker dat het mijn moeder was, die deed altijd de badkamerdeur heel zachtjes dicht terwijl mijn vader hem dichtsloeg.

Ik liep stiekem richting badkamer en drukte mijn oor tegen de deur. Ik hoorde mijn moeder snikken, heel zachtjes maar wel duidelijk. Mijn moeder had pijn en ik kon niets voor haar doen.

De volgende ochtend deed ze alsof er niets aan de hand was, maar ik wist beter. Ze praatte niet tegen mijn vader, ze had een blauwe arm en ze liep heel moeilijk. Ik vroeg naar haar blauwe arm. 'Ooh, niets bijzonders, ik stootte hem tegen de deur van onze kast in de slaapkamer.'

'Stomme kast,' zei ik. Mijn vader zat erbij en zei niets. Hij had alleen maar oog voor zijn krant.

Als je zo naar mijn vader keek, was het een keurig mannetje. Goed gekleed, altijd in hele dure pakken. Goed verzorgd kapsel, zijn huid zag er schoon uit, hij rook altijd heerlijk. Hij was zo wijs en vooral zo'n gentleman, behalve voor zijn vrouw.

Wanneer men aan mij vroeg: 'Hoeveel broers en zusters heb je?' zei ik altijd: 'Ik heb een broer en twee zussen.' Ik voelde pijn in mijn hart als ik dat zei maar ik geneerde me voor de waarheid. Ik was bang dat mijn broer gezien zou worden als crimineel of moordenaar omdat hij in de gevangenis zat. Maar wat was de waarheid? Dat was toch dat mijn broer een meisje had gered van verkrachting en daarvoor dertien jaar kreeg. De autoriteiten in Turkije moesten zich generen, niet ik. Maar toch durfde ik dit aan niemand te vertellen, en vaak had ik ook helemaal geen zin om deze wond in mijn hart tentoon te stellen. Het was makkelijker om te zeggen dat ik maar één broer had.

Ik realiseerde me dat mijn vader dat vaak zei: jouw zoon, jouw dochter. Alsof we niet ook zijn kinderen waren. Misschien kwam het wel doordat mijn moeder op den duur meer liefde voelde voor haar kinderen dan voor mijn vader, en mijn vader zich dat realiseerde.

Het was waar, mijn moeder deed alles voor haar kinderen. Haar kinderen waren heilig, heiliger dan haar man. Hoezeer de liefde misschien ook op was, ik wist dat ze het huwelijk voortzette voor ons. In het begin vond ik dat een goed idee, maar jaren later wist ik bijna zeker dat ik liever had gehad dat ze waren gescheiden. Dan hadden we mijn moeder misschien vaker gelukkiger gezien.

Een ongelukkig huwelijk dat doorgaat maakt meer kapot bij de kinderen dan scheiden en twee nieuwe werelden creëren.

31

De volgende ochtend ging ik naar het consulaat om een visum voor Frankrijk aan te vragen. Ze zeiden dat het ongeveer veertien dagen zou duren. Daar kon ik niet op wachten: ik had maar tien dagen vakantie. Teleurgesteld, droevig, vloekend op mijn Turkse paspoort liep ik terug naar het hotel.

Het was slecht weer. Ik werd nat van de regen en van de tranen. Ik wilde oversteken en stond te wachten op de stoplichten. Aan de overkant stond een meneer met een regenjas aan en een hele grote paraplu bij zich. Hij keek me aan en glimlachte een beetje alsof hij me wilde opvrolijken. De stoplichten sprongen op groen en we liepen naar elkaar toe. Toen hij naast mij stond keerde hij zich naar mij en nam me onder zijn paraplu. Hij moet gezien hebben dat ik aan het huilen was. Hij vroeg iets in het Frans, ik begreep hem niet. 'Ik spreek geen Frans,' zei ik in het Engels. 'Waarom huil je?' vroeg hij ook in het Engels. Toen begon ik nog harder te huilen, en hij bood mij een kopje koffie aan in het dichtstbijzijnde café.

Ik was eenzaam in deze vreemde stad. Ik had in Italië moeten zijn, maar omdat het land waar ik geboren was niet goed genoeg was voor de rest van de wereld had ik niet het recht zomaar ergens heen te gaan, en liep ik in de koude regen.

Ik ging met hem mee naar het café. Ik trok mijn natte jas uit en hij vroeg om een theedoek voor mijn haren. Daar zat ik dan in een café in Luxemburg met een theedoek op mijn hoofd.

'Verwacht het onverwachte' moet voor deze momenten bedoeld zijn.

'Ga je me nog vertellen waarom je huilde?' vroeg hij.

Ik vertelde hem wat er gebeurd was.

'Ik heb vrienden bij het consulaat werken, die zorgen ervoor dat je het visum binnen een uur krijgt en dan kan je vanavond nog gaan.'

Dit is wat ik had willen horen.

Maar in werkelijkheid zei hij: 'Ja, dat is pech. Misschien was het het lot dat bepaalde dat je niet verder kon zodat wij elkaar konden ontmoeten.'

Het was natuurlijk een lieve troostzin, maar wel een beetje merkwaardig. Het was een zin die mijn vader had kunnen zeggen om indruk te maken op een vrouw.

Dit had ik nu altijd, zodra een man iets van mijn vader weg had, door iets wat hij zei of iets in zijn houding of uiterlijk, was die man bij voorbaat afgekeurd. Ik was jong en vrijgezel. Een onverwachte romance in Luxemburg zou mijn situatie kunnen opvrolijken. Maar nee, hij had zijn kansen verspeeld door me aan mijn vader te herinneren.

'Het lot bepaalt alleen dingen die nut hebben. Wat voor nut zou het kunnen hebben dat wij elkaar ontmoet hebben?' vroeg ik hem nonchalant.

'Een mooie middag of avond of zelfs nacht, soms kan het lot alleen maar een mooie herinnering opleveren, niets meer en niets minder.'

Daar was ik het niet echt mee eens, maar ik had geen zin om in discussie te gaan met een man die ik niet kende, bovendien was ik moe. Ik zei niets, maar dat vond hij blijkbaar spannend, en hij glimlachte voldaan en blij. 'Zie je,' zei hij tevreden. Ik had geen idee wat ik moest zien, maar glimlachte terug, waardoor hij vast dacht dat ik het met hem eens was. Maar ik had absoluut geen zin in een herinnering van één nacht met een vreemde man, die bovendien nog getrouwd was ook. Zo bleek, maar dat was geen enkel obstakel.

In boeken had ik weleens gelezen hoe spectaculair zo'n romance kon zijn, maar ik was er het type niet voor. Ik was te geremd. Ik was nog nooit echt zo uit mijn dak gegaan dat ik later gedacht heb: 'Goh, dat ik dat gedaan heb.' Ik leefde wel intens, maar had altijd alles onder controle.

32

Ik vertelde dat ik die avond nog zou teruggaan naar Nederland. Ik bedankte hem voor de koffie en vertrok, de regen in. Onderweg naar het hotel begon ik te twijfelen. Hij had toch wel een beetje gelijk, ik had geen idee hoeveel lol ik zou hebben. Maar ik kon niet meer terug. In het hotel lag er een berichtje op me te wachten. 'Mocht je je nog bedenken, bel dan.' Er stond een telefoonnummer onder.

Hij wist waar ik verbleef en had moeite gedaan om het nummer van het hotel op te zoeken, ik voelde me gevleid.

Ik liep naar mijn kamer en had in mijn hoofd alleen maar de vraag of ik er goed aan zou doen om met een wildvreemde man in een vreemde stad te gaan eten. Nee, ik moest het niet doen, als er wat gebeurde dan zou niemand me kunnen vinden. Ik had nog niemand laten weten dat ik niet naar Italië kon. Als hij me zou ontvoeren of wat dan ook, was ik verloren.

Ik belde hem op en zei: 'Het lijkt me erg leuk om met een vreemde te gaan eten.'

Om acht uur zou hij me ophalen in het hotel.

Hij was stipt op tijd.

Ik had eerst een jurk aangetrokken maar die zou hij weleens uitdagend kunnen vinden, dus trok ik hem weer uit. Een T-shirt vond ik weer te alledaags, hij hoefde niet te denken dat ik een sloeber was. Uiteindelijk trok ik een witte bloes aan met een lichtblauw vest eroverheen. Het zag er zeer maagdelijk uit. Ik deed er een donkerblauwe broek onder. Mijn haren liet ik los hangen, als contrast met het maagdelijke.

Ik had van mijn moeder geleerd dat geur, haar, nagels en lingerie het allerbelangrijkste waren. Ik had haar gevraagd waar dat van de lingerie op sloeg, en toen zei ze: 'Als je een ongeluk krijgt en je wordt opgenomen in een ziekenhuis, dan is het toch gênant als je daar met een kapotte onderbroek ligt.' Ik vond het een rare gedachte van mijn moeder, maar toch checkte ik mezelf altijd op deze vier dingen. Ik liep naar beneden, en begon hartkloppingen te krijgen.

Christian had een beige broek en een overhemd aan. Hij keek verbaasd toen ik uit de lift kwam. Het meisje dat hij vanmiddag had gezien met doorweekte kleding, natte haren, tranende ogen en doorgelopen make-up, zag er nu fris en vrolijk uit.

'Wat ben je mooi,' zei hij. Een weinig originele zin, maar toch leuk.

'Dank je,' zei ik. Van mijn moeder had ik geleerd dat je een compliment nooit moet afslaan door te zeggen: ach het valt wel mee, of nee je meent het niet of wat dan ook. Een compliment was een cadeautje dat je moest aannemen en uitpakken. En ook moest je zeer bedreven zijn in het geven van complimenten. Een compliment was iets wat een ander een goed humeur bezorgde en dat moest weer mijn rijkdom zijn, volgens mijn moeder. In theorie had ze gelijk, maar in de praktijk in Nederland pakte het heel anders uit, want daar wisten ze niet hoe ze met een compliment om moesten gaan. Een compliment krijgen was ook zeer zeldzaam.

Maar wat moest ik nu tegen hem zeggen? Zonder dat hij zich van alles in 't hoofd haalde?

Toen we in de auto zaten, zei ik: 'Je ziet er goed uit.' Ik meende het ook.

'We gaan naar een visrestaurant, hou je van vis?' vroeg hij.

De volgorde klopte niet.

Wat als ik niet van vis hield, gingen we dan alsnog naar een visrestaurant?

'Ik ben dol op vis,' zei ik, 'eigenlijk op alles wat uit de zee komt, als mijn vader uit de zee zou komen at ik hem ook op.' Hij moest lachen.

Het was een mooi restaurant. Hij had gereserveerd en we werden hoffelijk naar onze tafel begeleid.

We namen plaats en hij zei tegen de kelner: 'Mijn vaste menu en wijn.'

Ik vroeg hem: 'Kom je hier altijd met je vrouw?'

'Nee,' zei hij, 'met mijn vrouw heb ik andere restaurantjes, en met mijn zakenrelaties ook weer andere.'

'Zie je mij als een zakenrelatie?'

'Nee, naar dit restaurant kom ik altijd met spannende mensen.'

Waarschijnlijk bedoelde hij met mensen vrouwen.

'Met andere woorden, dit is je flirtrestaurant.' Hij begon heel hard te lachen, zo hard dat ik in een reflex om me heen keek of anderen naar ons keken. Maar niemand schonk ons enige aandacht.

Zijn lach was het antwoord op mijn vraag, daar moest ik het mee doen.

'Vind je het niet erg dat ik mijn vaste menu heb besteld waarvan jij niet weet of je het wel lust?' Dit was dus het type man dat eerst deed en zich dan pas vragen stelde.

'Je hebt alweer geluk, want ik laat me graag verrassen en ik hou van vis. Trouwens, alles wat hier gebeurt zat niet in de planning. Ik geef me over aan de stroom.'

Het voorgerecht kwam: een garnalencocktail. Dit was geen aangename verrassing. Garnalen waren het enige wat ik echt niet lustte, en dat kwam door vroeger.

33

Nooit zal ik vergeten hoe mijn moeder aan de keukentafel zat, een lamp boven haar. Ze had altijd een geruite rok aan en een bordeauxrood T-shirt. Voor haar op tafel een berg garnalen. Mijn moeder pelt garnalen.

Ik herinner me het gevoel van gêne dat ik had. Ik schaamde mij wanneer mijn vriendinnen mee wilden fietsen naar ons huis, want het rook bij ons overal naar garnalen. De zakken plaatste de garnalenboer achter in de tuin, en omdat ik bang was dat mijn vriendinnen die zouden zien vouwde ik daar kartonnen dozen overheen.

Wanneer ik terugkwam van school zat mijn moeder altijd garnalen te pellen. Bij mijn vriendinnen stond er een pot thee en biscuitjes op tafel. Mijn moeder bakte de lekkerste koekjes van de wereld, maar die stonden in de oven want de tafel lag vol garnalen.

Nachtenlang ging ze door met pellen, met haar kleine, fijne handjes.

Voor een zak garnalen kreeg ze vijfentwintig gulden. Zo had ze wat extra's om boodschappen mee te doen. Eén zak pellen duurde zo'n twaalf, dertien uur.

Mijn vader had veel geld, maar dat gaf hij liever uit aan zijn minnaressen en aan gokken. Mijn moeder kreeg maar vijftig gulden, voor de hele week. Daarmee moest ze voor het hele gezin eten kopen. Als dat niet lukte werd mijn vader woest en begon te schreeuwen. Mijn moeder kon dan natuurlijk terugschreeuwen, maar dat vond ze niet ethisch tegenover ons, zo was ze. In die tijd bewonderde ik haar daarom.

Mijn moeder wilde zich niet laten kennen, en bovenal wilde ze ons die stennis van mijn vader besparen, daarom pelde ze garnalen. Ik vond dat ik respect moest hebben voor wat ze deed, maar ik schaamde me er tegelijk ook voor.

Ik heb zelfs een keer gelogen toen een vriendin aanbelde en meteen doorliep. Ze zag al die garnalen, en toen heb ik maar verteld dat er bij ons veel garnalen werden gegeten, want daar hielden wij zo van.

Terwijl ik ze niet eens lustte.

Jarenlang heb ik geen garnalen gegeten. Nog steeds bij iedere garnaal die ik zie denk ik aan mijn moeder zoals ze daar zat onder de lamp aan de keukentafel.

34

Ik zeg: Jij zegt altijd dat haat zwak is en liefde kracht.
Waarom zijn er dan zoveel mensen zwak?
Ook kracht is iets waaraan je trouw moet zijn.
Trouw kost altijd moeite.
Vaak is het makkelijker te haten dan lief te hebben,
want als je liefhebt zoek je naar kracht.
Zoeken is altijd moeilijk.
Ze zegt: Je vader heeft niet veel geld en daarom...
Ik denk: Het is niet waar.
Het is niet waar!
Misschien gelooft ze wat ze zegt,
maar het is niet waar.

Gelooft ze het,
omdat ze het wil geloven?
Ik heb toch van haar geleerd dat ik altijd de waarheid moet spreken.

Ik zeg: Hij geeft je geen geld.
Hij heeft het wel, maar hij geeft het je niet!
Hij houdt het voor zichzelf, voor het leven dat hij wil leiden zonder jou.

Zij zegt: Er was niet veel geld
en daarom pel ik garnalen, de hele avond, vaak de hele nacht totdat het ochtend wordt.
Jij komt weleens binnen, omdat je niet kan slapen.
En dan zie je mij.
En ik zie dat je kwaad wordt.
Waarom?
Omdat ik garnalen pel?

Telkens als ik er één pelde,
gooide ik met de schaal een probleem weg
en hield ik een oplossing over.
Wanneer het ochtend werd
kwam een man de gepelde garnalen ophalen.
Ik kreeg er geld voor.
En dat geld konden we goed gebruiken.

Ik zeg: Hij zeurde maar over de geur van die garnalen.
Had je die maar van tafel geslagen
en in zijn gezicht gegooid.

Zij zegt: Dat is zo makkelijk.
Haat is zwak, liefde kracht.
Dat zei ik toch al.
Dat moet je onthouden.

Ik denk: Hoe kan ik nou iets
onthouden waarin ik
helemaal niet geloof.

Haat is zwak,
liefde is kracht.

Doe toch gewoon.

Je laten vernederen
heeft niets met kracht te maken.

Voor jezelf opkomen.
Jezelf verdedigen.
Eigenwaarde.
Dat is pas kracht.

Zeg me niet dat ik moet worden zoals jij.
Ik wil iemand worden die ik wil zijn.

35

Soms kon ik niet slapen. Het idee dat mijn moeder beneden garnalen zat te pellen kwelde mijn geest en maakte mij woest uit onmacht. Als we het echt arm gehad hadden en die garnalen stonden voor mijn moeders geknok voor ons bestaan, dan was ik misschien trots op haar geweest, maar nu kon ik het niet verdragen. Mijn vader gaf het geld uit aan vrouwen en gokken, zijn gezin was het minst belangrijke leek wel. En als het nou nog ging om geld voor luxe, maar het was geld voor eten, dat mijn vader bovendien elke avond ruim opeiste.

Van een kilo peulvruchten wist mijn moeder wel drie gerechten te maken. Snel en bovenal lekker, alsof de zoetheid van haar ziel, hart en handen in het eten werd gegoten. Wat ze altijd in huis had waren eieren, melk, yoghurt, olijfolie, tomaten, peterselie. Deze producten vormden de basis van haar gerechten. Gedroogde groenten en peulvruchten kreeg ze uit Turkije, mijn tante zette dat altijd klaar.

Ik sloop weleens naar beneden, en dan keek ik door de kier van de deur naar binnen en zag dat ze daar zat onder de lamp, alleen. Ik wilde haar helpen met pellen. Eén keer had ik het geprobeerd, maar dat vond ze niet goed. Ze vond dat ik mijn nachtrust moest hebben om de volgende dag fris op school te zitten. Ik moest en zou studeren en zorgen dat ik mijn financiële onafhankelijkheid kreeg, dat wat mijn moeder deed mocht mij nooit gebeuren: geen beroep hebben en garnalen pellen.

36

Op zondag pelde mama geen garnalen, want de garnalenboer werkte dan niet. Voor mij was dat feest. Onze keukentafel kreeg een tafelkleed, alles was schoon. Mama maakte heel veel gerechten en ik keek toe. Soms moest ik haar helpen.

Op een van de vrije zondagen zei ze: 'Vandaag ga ik garnalenkroketjes maken.' Maar ik lustte helemaal geen garnalen, en ook niet de kroketjes ervan.

'Je lust ze niet omdat ik ze pel, anders zou je ze heel lekker vinden. Om jou van dat gevoel af te helpen ga ik garnalenkroketjes maken, je zult zien hoe lekker je ze vindt.'

Ze had me helemaal in haar macht, ze wist alles over mij. Inderdaad lustte ik geen garnalen omdat mijn moeder ze pelde, en inderdaad zou ik ze eten als mijn moeder ze klaarmaakte, want ik at alles wat zij maakte. Ik vond prei vies totdat mijn moeder op een dag een preischotel maakte met wortelen en rijst en citroen, ik heb borden vol prei gegeten. Het leek wel alsof ze alle groente en vlees zo kon klaarmaken dat zelfs wat ik niet lekker vond veranderde in mijn smaak. Iedereen vond haar eten heerlijk. Alsof ze de zoetheid van haar handen en karakter erin legde.

Onze buurman, die ook geen prei lustte al vanaf zijn jeugd, was als een kind zo blij wanneer mijn moeder haar preischotel bracht, hij kon er geen genoeg van krijgen.

Ze maakte garnalenkroketjes.

'Kijk, je moet weten dat de ragout het allerbelangrijkste is bij kroketjes, of je ze nu met rundvlees, kip of garnalen maakt, het gaat om de ragout.'

Het maakte mij niet uit waar het om ging, ik wist dat ze lekker zouden worden, en ik wist dat ik de garnalenkroketjes zou eten die ik niet lustte.

37

Soms gaf mijn vader heel veel geld aan mijn moeder met de mededeling: 'Er komen vanavond wat vrienden. Koop maar lekker veel, want er mag niets te kort zijn.' Zo was hij ook wel weer, als er bezoek kwam, dan moest er honderduit gegeten en gedronken worden. Mijn vader hield van klasse, veel eten, veel drinken, er mocht nooit armoedig gedaan worden over eten. Hij wilde niet dat zijn kinderen ooit ergens binnen zouden komen met een open mond en een kwijlende tong omdat ze thuis tekortkwamen, we moesten een goed en lekker gevulde maag hebben. Ook als hij weinig geld gaf moest dat gebeuren, en dat gebeurde ook want mijn moeder wist altijd wat klaar te maken voor weinig.

Wat ik niet snapte was dat mijn moeder niet wat geld achterhield op die dagen dat hij ineens wel over de brug kwam. Dan hoefde ze ook geen garnalen te pellen. Het klopte niet.

38

'Eet je je garnalencocktail op?' zei Christian.

'Sorry, ik had het je eerder moeten vertellen, maar ik eet geen garnalen.'

'Maar je zei dat je alles wat uit de zee kwam opat en garnalen komen echt niet uit een rivier hoor.'

'Dat weet ik, maar ik lust ze niet, sorry.'

Hij dramde niet door.

'Wil je een ander voorgerecht?'

Het was de eerste keer dat hij iets aan mij vroeg voordat hij het al had geregeld.

'Zouden ze soep hebben?'

Hij bestelde vlot een vissoep. Toen de soep arriveerde, was het eerste wat ik zag de garnalen die erin dreven. Wanneer ik dit ook zou laten staan, dan zou dat heel onbeleefd, zelfs onbeschoft zijn. Of ik moest vertellen waarom ik geen garnalen at, maar daar had ik geen zin in. Ik at alleen de bouillon en liet de garnalen liggen.

Toen het diner voorbij was, vroeg hij of ik met hem mee wilde naar een feestje in een klein dorpje in de omgeving van Luxemburg. Dat zou betekenen dat ik weer in zijn auto zou zitten, maar dan een langere tijd en niet in de stad maar erbuiten. Dat vond ik wel eng, al zag hij er niet eng uit. Ditmaal luisterde ik naar mijn gevoel.

'Nee, dank je, ik wil het niet te laat maken vanavond want ik ga morgenvroeg weer terug naar Nederland.'

Hij drong niet aan.

'Zal ik je terugbrengen naar je hotel?'

'Graag, maar zullen we lopen, dan zie ik wat van de stad bij nacht.'

We liepen door de mooie, verlichte straten van Luxemburg. Het was herfst en ik rook de winter. Ik ademde heel diep de koude lucht in. 'Ruik je de winter die eraan komt?'

'Nee,' zei hij. Hij was leuk maar geen zielsverwant, want die ruiken de winter ook altijd, denk ik.

'Waar denk je aan?' vroeg hij.

'Dat de stad zo mooi is,' loog ik.

Hij hield mijn hand vast, ik liet het toe en voelde een tinteling in mijn middenrif. Hij stopte, trok me naar zich toe en zoende mijn lippen. Ik vond het fijn en spannend. Morgen zou ik weggaan en ik zou deze getrouwde man nooit meer zien. Het was goed zo, en daarom was het zo spannend, mooi en leeg tegelijk.

Dit was de eerste keer dat ik een getrouwde man zoende. Ik weet nog mijn moeders reactie tegenover mijn zus, de dag dat ze binnenkwam en zei: 'Mam, ik ben verliefd op een getrouwde man.' Mjn moeder zei eerst niets tegen haar, keek haar alleen maar aan en vroeg toen aan mij: 'Wil je een wijnglas uit de keuken halen?' Ik deed wat ze vroeg. Ze zei: 'Hou het eens omhoog, en laat het dan maar vallen.' Ik deed wat ze zei, het glas brak. 'Wat is er gebeurd?' vroeg mijn moeder aan mijn zus. Ik begreep niets van dit tafereel.

Mijn zus was verontwaardigd, ze zei: 'Het glas is gebroken.'

'En weet je waarom het glas gebroken is? Omdat Nil het zonder na te denken heeft losgelaten, en dat is de sleutel van het hele leven. Je moet nadenken wanneer je iets in je handen hebt, wanneer je nog kracht, macht en controle hebt. Nooit laten gaan voordat je erover na hebt gedacht, want dan maak je brokken, en die scherven kunnen pijnlijk zijn als je erop staat, en als je er niet op staat ook, want je bent je glas kwijt.'

Ik begreep nog steeds niet waar ze het over had, maar mijn zus denk ik wel, want ze liep naar mijn moeder toe, kuste haar en zei: 'Bedankt, mama.'

Nu stond ik in de armen van een getrouwde man. Ik dacht er niet over na, maar ik liet het glas ook niet vallen, want ik had geen dromen over hem die niet uit zouden komen. Ik was achttien en zoende met een vreemde man in een vreemde stad, het was spannend, het was mooi. Hij kon mijn hart niet breken, want hij zat helemaal niet in mijn hart.

Mijn eerste zoen was ook zo spannend; eigenlijk is de eerste zoen met wie dan ook altijd de spannendste en de fijnste zoen, vind ik. De tweede, derde, vierde, voelen nooit hetzelfde.

De allereerste zoen in mijn leven was met een hele populaire jongen in Heerenveen. Ik was vijftien jaar oud, hij heette Richard, maar werd Billy genoemd.

De Heide was een groot natuurgebied waar je kon zwemmen en zonnen. Bijna iedereen van mijn school ging daarheen in de lente en zomer. Billy was een vriend van een klasgenoot van mij, hij kwam daar ook.

We zaten met zijn allen in een groepje op het gras. Billy en ik hadden amper een woord met elkaar gewisseld. Wel keken we vaak naar elkaar. Toen we een week naar elkaar gestaard hadden, gingen we op een dag bij het afscheid zoenen. Hij was een hele stoere jongen en had al vele vriendinnetjes gehad, maar ik had zelfs nog nooit hand in hand met een jongen gelopen en dit was mijn allereerste zoen. Maar dat mocht hij niet weten, want dan zou hij mij een doetje vinden. Dus ik deed heel stoer. Hij trok me naar zich toe en zoende mij. Wat voelde dat goed, alsof mijn lippen wegbrandden.

Toen duwde hij zijn tong in mijn mond en dat was verschrikkelijk, wat vies, wat afschuwelijk vies was dat, maar me terugtrekken kon niet, want dan zou het opvallen dat ik voor het eerst zoende. Ik moest iets met die tong doen om het niet te laten opvallen, ik zoog er maar op, wat nog viezer was. Hij stopte en vroeg: 'Heb je nog nooit eerder gezoend ofzo?'

'Natuurlijk wel,' zei ik, 'ik ben al aan de pil hoor.' Ik probeerde het zo echt en stoer mogelijk te zeggen, om indruk op hem te maken. Ik wist helemaal niet hoe die pil eruitzag, maar ik had van sommige klasgenoten gehoord dat ze aan de pil waren en het hadden gedaan, de daad. Dat andere woord heb ik nooit uit kunnen spreken, zelfs niet schrijven, daar ben ik te truttig voor. Als men het zegt waar ik bij ben moet ik me inhouden om niet 'ooh' te roepen. Hij zoende me weer, heel kort, dit keer zonder tong, en ging weg. Vijf minuten lang had ik gezoend, en ik was verliefd, ik voelde me goed. Toen ik thuiskwam belde ik al mijn vriendinnen op om te zeggen dat ik verkering had met Billy.

De volgende dag was een donderdag, koopavond. Dan liepen we altijd met een stel vriendinnen in de stad heen en weer, kijken of je bekenden tegenkwam. Mijn hart klopte sneller dan normaal, misschien zou ik Billy zien, we hadden verkering!

Na een uur heen en weer lopen zagen we hem. Ik liep naar hem toe. Hij was met twee vrienden die ik niet kende. Ik wilde hem zoenen, want zo ging dat bij mijn vriendin ook, die had verkering met Jan, en als ze elkaar zagen dan gaven ze elkaar altijd een zoen. Billy weerde me af. Ik zei nog: we hebben toch verkering? Hij keek naar zijn vrienden en grijnsde: 'Natuurlijk niet, turk for 't work,' wat 'turk voor het werk' betekent.

Even had ik me gevoeld als mijn vriendinnen, even dacht ik: ik heb een vriendje net als de rest, maar deze zin had me weer op mijn plaats gezet. Ik was helemaal niet hetzelfde als zij. Ik was een Turk!

Huilend liep ik weg. Ik ging ook niet naar mijn vriendinnen toe. Ik fietste huilend terug naar huis. Mijn moeder zag dat ik huilde en vroeg wat er aan de hand was. Ik heb het haar niet verteld, ik loog dat ik van mijn fiets was gevallen, en ging onder de douche. Ik heb wel zes keer mijn tanden en mijn tong gepoetst. Ik wilde niets meer van hem in mijn mond hebben, helemaal niets, en ik wilde nooit meer zoenen, nooit!

39

Nooit is een groot woord als het om emoties gaat. Je weet nooit waar je emoties je heen brengen, en nooit waar je verstand je weer vandaan haalt.

Nu stond ik wel degelijk te zoenen, met een vreemde, hij was nog vreemder dan Billy. Hij was getrouwd en ik had niet eens een week lang oogcontact met hem gehad. Wel was er een groot verschil: ik was niet verliefd, dus niet kwetsbaar. Christian kon me niet kwetsen, Billy wel.

Zijn handen gingen naar mijn borsten, en dat wilde ik niet. Hij stopte met zoenen. 'Ik kan er niet tegen als ik zo opgewonden raak en tegelijk word afgeremd.'

'Oké dan zal ik je niet opwinden,' zei ik, en we liepen door. We stonden voor het hotel, hij vroeg nog of ik een groot bed had. Ja dat had ik en daar ging ik alleen in slapen.

We zoenden weer, hij wenste me veel geluk met mijn paspoort en mijn leven, ik wenste hem veel geluk in zijn huwelijk.

We wisselden geen adressen of telefoonnummers uit.

40

Eenmaal thuis schreef ik meteen een brief aan de koningin, ik diende een verzoek in om de Nederlandse nationaliteit te krijgen.

Je moest natuurlijk aan vele voorwaarden voldoen om een Nederlands paspoort te krijgen. Onder andere al vijf jaar in Nederland woonachtig zijn, de taal beheersen en, het allerbelangrijkste, geen strafblad hebben. Ik wist dat ik aan deze voorwaarden voldeed, maar ja, er waren zoveel wachtenden voor mij dat het een vraag bleef of het zou lukken.

Na drie maanden werd ik uitgenodigd om naar het gemeentehuis te komen. Ze wilden met mij praten om mijn Nederlands te testen. Dat was niet zo moeilijk meer voor mij.

Na 386 dagen werd mijn verzoek tot naturalisatie ingewilligd, ik kreeg een brief die getekend was in de naam der Koningin. Met die brief moest ik naar het gemeentehuis om mijn paspoort te halen. Tot die tijd wist ik alleen maar hoe je een Turks paspoort verlengde of vernieuwde, en dat was geen pretje. Je moest naar het Turkse consulaat in Rotterdam, en dan moest je in de wachtkamer met nog vijftig anderen uren wachten. Na minimaal een uur werd je te woord gestaan door iemand achter de balie. Als je geluk had, had die persoon een goede dag en behandelde hij je normaal, en als je pech had dan werd je afgesnauwd en hoopte je maar dat ze hun werk deden, zonder vertraging.

Aan het einde van de dag kon je meestal je paspoort ophalen, dan moest ik weer de trein naar Haarlem nemen en zo was ik een dag verder.

Ik had geen idee hoe dat bij een Nederlands paspoort zou gaan, ik trok er maar een dag voor uit.

Ik moest een nummertje trekken, wat ik altijd heel prettig vind, zo heeft niemand het gevoel dat de ander voordringt, en weet je dat je niet voor je beurt praat. Een uitstekend systeem om irritaties te voorkomen.

Ik trok nummertje drieëntwintig, op het bord zag ik dat nummer twaalf aan de gang was. Ik zei tegen mezelf: 'Zie je wel, het is overal hetzelfde, ook dit wordt nog een lange dag...'

Maar na vijfentwintig minuten was ik aan de beurt. Ik gaf de brief aan de dame achter de balie, ze gaf me een bon waar het bedrag fl. 80,– op stond, die moest ik betalen aan de kassa, en met het betalingsbewijs terugkomen om mijn paspoort te halen.

Ik liep naar de kassa, ook daar stond een rij. Ach, die ambtenarij kost gewoon veel tijd. Ik betaalde na vijf minuten gewacht te hebben het bedrag. Met de bon liep ik weer naar de balie. De dame gaf mij mijn paspoort en zei: 'Welkom.' En ze drukte op de nummerknop voor de volgende.

Was dit het dan, had ik hier zo lang op gewacht? Dat woord 'welkom' prikkelde wel mijn gevoelssnaren, maar ik had meer nodig, ik wilde meer horen, ik wist niet wat. Dit kon toch niet alles zijn.

Maar dat was het wel.

Op dat moment miste ik iets, later ontdekte ik de rijkdom van een Nederlands paspoort. Het feit dat je overal welkom bent zonder een visum aan te hoeven vragen, daar konden geen woorden tegenop.

Uiteindelijk was ik toch geen gans, want ik was niet trouw aan mijn Turkse afkomst. Het trieste is alleen nu de Europese landen één zijn geworden, dat er vaak niet eens meer naar mijn paspoort wordt gevraagd.

41

Het was ons eerste jaar in Nederland. Mijn vader, die had gezegd dat we met oud en nieuw naar Turkije zouden gaan, had zijn belofte niet gehouden. Pas na een jaar, in juli 1981, gingen we terug, één keer, met de auto. Dat was goedkoper, en in Turkije was het heel handig om met je eigen auto overal heen te kunnen.

Het was een heel geregel voor mijn vader. Eerst moest hij voor ons allemaal een visum aanvragen voor Duitsland, Oostenrijk en Joegoslavië, daarna moest de auto in zijn geheel worden gecheckt door de garage. Mama moest inpakken en daar werd mijn vader dan weer woest op, want ze nam veel te veel cadeaus mee, vond hij. Er moest veel worden gebakken en klaargemaakt voor onderweg. Dat waren dan geen bolletjes die je smeerde, nee, mijn moeder bakte tien soorten broodjes: groentebroodjes, olijvenbroodjes, gehaktbroodjes, kaasbroodjes. Je kon het zo gek niet bedenken of ze had het gemaakt, ik had nooit het gevoel dat we in een auto zaten, eerder in een soort bakkerij.

We picknickten onderweg. Ik vond het vreselijk, al dat zand en gras.

De hele weg was vol Turken. Iedereen ging naar Turkije, vol spanning en geluk weer in eigen land te zijn. Er waren zoveel soorten Turken, mijn broer en ik moesten vaak lachen wanneer we onderweg de busjes zagen. Sommigen namen de gekste dingen mee, zoals rollen behang. En wij konden er ook wat van. Mijn broer werkte toen bij Philips en had een videorecorder gekocht voor mijn zus. In Turkije kenden ze dat nog niet echt, er waren wel reclamespotjes voor zo'n apparaat, maar het was nog niet betaalbaar voor de gewone burger, wat mijn zus was.

Gebaren kennen geen taal, die zijn niet aan een land gebonden. We waren in Joegoslavië, weer eens aan het picknicken. Mijn moeder was op zoek naar zout. Ze belde bij een willekeurig huis aan en zei: 'Hello, salt.' Die dame betreep het niet, mama pakte een beetje zand van de grond wees ernaar en zei: 'Tok-tok-tok-tok', en strooide het zand over haar hand. Ik schaamde me voor het toneelstuk dat mijn moeder daar aan het opvoeren was, wat moest die vrouw die de deur had geopend wel niet denken. Zij maakte een haltbeweging met haar hand en liep weg. Mijn moeder, die trots was op haar voorstelling, zei: 'Wacht en zie: hoe het werkt, deze dingen moet je leren en durven, je hele leven lang. Als ik er ooit niet meer ben, dan zal je aan me denken en hopelijk dankbaar zijn deze dingen van je moeder te hebben geleerd.'

Ik vroeg me af of het allemaal wel zo goed zou aflopen, maar ik wachtte samen met mijn moeder geduldig op die vrouw.

Verbazingwekkend, daar kwam ze inderdaad aan met een servet in haar handen. Ik keek naar mijn moeder en moest lachen. Mijn moeder zei: 'Wacht maar af.'

Die vrouw overhandigde haar het servet, dat in een zakvorm was gevouwen. Mijn moeder keek erin en er zat inderdaad zout in.

Mijn moeder kon toveren, dat wist ik nu, na haar al die jaren daarvan verdacht te hebben, zeker.

Triomfantelijk liep ze naast mij terug naar de auto. Daar werd haar overwinning nog zoeter, want mijn vader, broer en zus hadden haar uitgelachen en gezegd dat het haar echt niet zou lukken zonder een woord Joegoslavisch te kennen.

Na de picknick ging mijn moeder bloemen plukken, paardenbloemen, margrietjes, af en toe een grassprietje. Niemand van ons begreep wat ze aan het doen was. We hadden nog twee dagen te gaan, in welke vaas wilde ze die bloemen zetten?

'Ga je mee?' vroeg ze aan mij. Verbaasd liep ik met haar mee.

Weer stonden we voor dezelfde deur. Mijn moeder belde aan en gaf het boeketje aan de dame die ons het servetje met zout had gegeven. De dame moest lachen en wenkte of we niet binnen wilden komen. Zij maakte een gebaar met haar duim en wijsvinger naar haar mond. We begrepen dat ze 'drinken' bedoelde. Mijn moeder pakte haar hand en nam haar mee naar waar we zaten te picknicken. Ze liet haar de rest van de familieleden zien en de mevrouw knikte. Het ging allemaal met gebaren, maar communiceren deden ze.

Toen we daarna met het hele gezin koffie aan het drinken waren, zei mijn moeder: 'Je moet nooit vergeten dat je iemand die iets voor jou gedaan heeft altijd moet belonen. Dit hoeft niet materieel te zijn, elk gebaar dat laat blijken dat je het waardeert en dankbaar bent is een poort tot vriendschap, dat moet je altijd onthouden.'

Haar theorie klopte, die dame is jarenlang een vriendin van mijn moeder geweest.

42

Toen ik eenentwintig was, had ik een vriend van achtenveertig. Misschien zocht ik in hem een vader met zorg en aandacht. Ik wilde in ieder geval begrepen worden, maar dat was waarschijnlijk te veel gevraagd. Hoe kon ik begrepen worden terwijl ik mezelf niet eens begreep? Ik ging met hem uit eten. Hij nam me mee naar de Kersentuin, een toprestaurant in Amsterdam.

Het was jaren geleden dat ik in een dergelijk restaurant was geweest. Ik voelde me niet echt op mijn gemak en vertelde dat aan Willem. Hij werd daar hoffelijk ontvangen, iedereen kende hem en verwelkomde hem. Hij kreeg het advies een soufflémenu te nemen, want dat was goddelijk lekker.

'We maken het niet laat vanavond,' zei hij met een knipoog. De chef-kelner en de obers begonnen te lachen. Ze dachten natuurlijk: zo'n jonge meid met een oude kerel, die gaan natuurlijk vroeg naar huis om het er flink van te nemen.

We zaten aan tafel en Willem vroeg de wijnkaart. Hij zei: 'Ik ga je alles leren over goede wijnen, ik ga een echte "lady" van je maken.'

Wat een vreselijke uitspraak vond ik dat.

Deze woorden had ik eerder gehoord, van mijn vader.

43

Mijn vader was een ondoorgrondelijke man, hij was niet consequent in zijn gedrag. Er waren dagen dat hij ons mee uit eten nam naar de duurste restaurants. Zo was hij, alles wat je at of kocht of deed moest het beste zijn. Hij hield van kwaliteit en wist wat mooi was. Hij wist ook hoe je een ober aan moest spreken om hem voor die avond je vriend te maken. 'De beste vriend die je kan hebben in een restaurant is eerst de kelner en daarna de kok,' zei hij dan triomfantelijk.

Vroeger zag ik mijn vader als een arme man; arm aan verantwoordelijkheid en liefde. Nu zie ik dat hij rijk was; rijk aan verantwoordelijkheid voor zichzelf en rijk aan liefde voor zichzelf en voor een ander wanneer dat zo uitkwam en hij was daar heel goed in. Hij had een grote uitstraling en ik denk dat iedereen die hem kende buiten het gezin, hem bewonderde om zijn sociale karakter.

Door hem was het gezellig druk thuis. Hij nodigde altijd mensen uit, speelde *saz*, een Turks instrument waarvan ik de klank nog steeds niet kan waarderen. Iedere snaar huilt, althans zo klinkt het in mijn oren. Tenzij er andere instrumenten meedoen. Er werd nachtenlang gegeten en gedronken.

Mijn vader was een gulle charmeur. Een mooie man om te zien, verzorgd en zeer schoon. Hij rook altijd intens lekker. Wanneer hij kleren kocht ging hij nooit winkel in winkel uit. Er was een winkel in Heerenveen, Piet Witteveen, die naam zal ik nooit vergeten. Als hij daar kleren kocht, deed hij dat in het groot, soms had hij rekeningen van duizenden guldens. Ik rekende alles uit in eenheden van een zak garnalen. Als ik een leuke broek voor mezelf zag en die kostte vijfenveertig gulden, dan wist ik dat dat bijna twee zakken garnalen was, en dat mijn moeder daar vierentwintig uur over zou doen. Dan hoefde ik al niet meer.

Zo was het ook die avond dat mijn vader in een goede

bui ons mee uit eten nam naar een goed visrestaurant in Lemmer. Ik kreeg de menukaart, terwijl mijn vader begon uit te leggen hoe ik een vis moest eten, met een plat vismes. Het zag er moeilijk uit, zo'n mes. 'Kijk, ook de vork is anders, die heeft een kiertje in het midden...' Zijn stem klonk voor mij meer en meer in de verte, want mijn gedachten waren volledig verdiept in de prijzen die ik op het menu zag. Een tong kostte *f* 53,95, dat was omgerekend in garnalen twee volle zakken en nog een beetje van een derde, bijna achtentwintig uur pellen voor mijn moeder. Ik vertikte het om een vis te eten.

'Luister je wel naar me,' vroeg mijn vader, 'ik probeer je iets te leren, als je later met je vriend naar een visrestaurant gaat, wil ik niet dat je je geneert omdat je niet weet hoe een vismes en -vork werkt, hoor je me, ik wil wel dat je een dame wordt.' Ik hoorde hem, ik was twaalf, en het interesseerde mij in het geheel niet wat mijn vriend die ik later misschien zou hebben zou denken over mijn visbestekkennis.

Ik keek naar mijn moeders handen. Haar vingers zagen er helemaal verrimpeld uit. Ik hielp haar weleens met pellen wanneer ik uit school kwam, als ze dat toeliet, en wist dat er veel vocht zat in zo'n garnaal; zeevocht, zout vocht van de zoute zee. Ik voelde het in mij opborrelen, ik moest het doen, ik pakte mijn moeders hand en kuste haar vingertoppen, ik kon het niet laten.

'Waar slaat dat nou op,' zei mijn vader verbaasd. 'Het lijkt wel alsof je verliefd bent op je moeder.' Dat klopte ook, ik was verliefd op haar, ik wilde niemand anders in mijn hele leven, alleen haar.

Mijn moeder was ontroerd en stond op om me te omhelzen. Ik zag dat mijn vader om zich heen keek.

'Wat zijn dit toch voor taferelen, ik neem jullie mee uit eten en jullie gaan opeens de Romeo en Julia uit zitten hangen, alsof jullie elkaar nooit hebben gezien of alsof jullie voor de rest van je leven uit elkaar gaan. Ik sta ook altijd op de laatste plaats in dit huis. Eerst komt de liefde van de moeder voor de kinderen, en dan de liefde van de kinderen voor de moeder en ergens in de vage verte met verjaardag en vaderdag wordt er een beetje aandacht en liefde aan mij geschonken.' Hij zei dit op zo'n zielige toon dat ik de behoefte kreeg hem ook een knuffel te geven. Ik stond op en omarmde hem, het was meer een troostknuffel dan een liefdesknuffel. De ober die de bestelling op kwam nemen zei glimlachend: 'Zo, een familiehereniging?'

'Zoiets,' zei mijn vader gegeneerd kortaf en wees me naar mijn plaats.

Hij vroeg om de wijnkaart. Hij had verstand van wijn en dat moest ook wel, want hoe moest hij anders al die dames die hij mee uit eten nam zijn kundigheid en smaak voor het leven tonen. Hij zei: 'Een goede wijn streelt eerst je tong en dan je hart. Wijn is de eerste stap naar de liefde. Liefde proef je ook eerst, je neemt haar in je op en je geniet, als het te veel wordt dan voel je het eerst aan je hoofd en dan aan je hele lichaam.'

'En als je er genoeg van hebt, dan neem je een andere fles wijn,' zei mijn moeder cynisch.

Mijn vader keek haar alleen maar aan met opgetrokken wenkbrauwen en ging verder met zijn verhaal. 'Het is belangrijk dat je als dame dergelijke dingen weet en met je man aan tafel erover kunt praten.'

'Wist u dat een tong hier net zoveel kost als wanneer mama twee volle zakken garnalen en nog een beetje pelt, en dat dat ongeveer achtentwintig uur peltijd in beslag neemt?' Ik kon het niet laten.

Mijn moeders ogen gingen wijd open, ik zag woede opdoemen in mijn vaders gezicht. Ik wist dat ik met deze zin de sfeer zou verpesten, maar wat had ik aan een sfeer die zich eens in de zoveel tijd voordeed, en dan alleen maar omdat mijn vader dat zo wilde regisseren. Wij waren de altijd inzetbare spelers in zijn toneelstuk wanneer het hem zo uitkwam. Ik vond dat hij maar eens moest weten wat mijn moeder allemaal deed om aan geld te komen en hoeveel moeite dat kostte.

Mijn moeder zei altijd: 'Niet om de dingen die er niet zijn moet je treuren, de dingen die er wel zijn moet je koesteren en daarvan moet je genieten.' Ik wist dat ze nu lichtelijk boos op me was, want volgens haar theorie moesten we nu genieten omdat we daar aan tafel zaten met elkaar.

Mijn vader noch mijn moeder zei iets tegen mij. Mijn moeder deed haar best om het weer goed te maken, zoals altijd. 'Ach, je moet niet overdrijven, het valt best mee. En zo'n drama is het niet, ik vind het een soort bezigheidstherapie.'

'Heb je dan therapie nodig?' vroeg mijn vader cynisch.

'Soms wel,' zei ze. 'Ik vind het niet echt makkelijk om in Nederland te zijn, niemand waar je even heen kunt om gezellig te praten, niemand die een pannetje soep komt brengen.'

'Je drinkt koffie met de buurvrouw, dat is toch ook goed.'

Mijn moeder knipperde met haar ogen, wat volgens mij niets betekende, ja noch nee. Het was bedoeld om het moment te vullen en om een discussie te voorkomen. Ik wist dat die koffie niet genoeg was. Mijn moeder had heimwee naar haar zus, waar ze alles mee deelde. Misschien was garnalenpellen inderdaad een soort bezigheidstherapie voor haar. Ze voelde zich echt alleen. Je alleen voelen wanneer je echt alleen bent, is misschien wel acceptabeler dan je eenzaam voelen naast je levenspartner.

44

En nu zat ik tien jaar later met een man die dezelfde dingen zei als mijn vader. Ik wist dat ik ermee moest stoppen, want dit was niet het enige wat me irriteerde. Het voornaamste wat me dwarszat, was nog wel de omgeving, die allerlei vooroordelen had. Een jonge blom met een oudere kerel. Ze zal wel op zijn geld uit zijn. Niemand begreep dat het weleens verliefdheid kon zijn. Ik was nog maar een maand met hem, had geen seks met hem gehad. Wel geknuffeld en gezoend, en dat voelde veilig en teder. Ik was ook wel verliefd, of misschien was ik wel verliefd op de liefde. In ieder geval vond ik het fijn om bij hem te zijn.

Alleen iets fijn vinden is niet genoeg in de liefde. Ik stopte dan ook met de relatie.

Een maand later trouwde hij opnieuw met zijn ex-vrouw, en toen realiseerde ik me dat hij niet meer alleen wilde zijn, dat het daarom ging.

45

Zomer 1986. Mama, papa, mijn broer en zus en ik, we waren met zijn vijven op vakantie. Het team was compleet, zo waren we ooit samen naar Nederland vertrokken. Familie, maar ook lotgenoten.

We zaten in een badplaats in Turkije, Kusadasi. Het was lunchtijd. Een dikke dame kwam naar ons toe en vroeg of ze ons de toekomst mocht voorspellen. Mijn vader zei dat hij niet in die dingen geloofde. Mijn broer zei: 'Ik ook niet.' Mama, mijn zus en ik wilden heel graag.

'Typisch vrouwen,' zei papa.

Mama knikte, en de dikke dame kwam aan onze tafel zitten. 'Wat kost je?' zei mijn vader. Deze vraag heeft hij wellicht zo vaak gesteld aan een vrouw dat hij zich niet eens geneerde.

'Een lunch is voldoende,' zei de dikke dame.

Ze had bonen, geld, een ring, een klein poppetje, een speelkaart met de koning erop, een luciferhoutje en een pen in haar handen.

Ze zei tegen mijn vader: 'Ik begin bij u.'

'Nee, dat hoeft echt niet,' zei papa.

Ze deed het toch. Ze schudde alles door elkaar en strooide alles op tafel. Ze keek geschrokken. En raapte alles weer op. Herhaalde het proces en schrok weer. Haar ogen gingen wijd open. Ze raapte alles op, en zei tegen mijn broer: 'Ik ga het voor u doen.'

Mijn vader vroeg: 'Maar je zou het voor mij doen, je gooit twee keer en je zegt niets.'

'Ik doe geen slechte voorspellingen.'

'Hoezo slecht, is het dan zo erg met me gesteld?' vroeg

hij grinnikend, ‘nu vind ik dat je het moet zeggen ook.’

‘U krijgt een ongeluk waardoor uw hele leven zal veranderen. En meer wil ik niet zeggen, dat is een waarzegsterbelofte.’

‘Die moeten we dan respecteren,’ zei mijn moeder, knikkend naar mijn vader.

Ik voelde angst. Dit klonk wel erg eng.

‘Gelukkig geloof ik er niet in,’ zei mijn vader, en nam een trekje van zijn sigaret.

De waarzegster keek naar mijn broer, en zei: ‘Doe een wens. Ben je getrouwd?’

‘Nee,’ zei hij. Hij was wel getrouwd, maar wilde de waarzegster op het verkeerde spoor brengen.

Ze zei: ‘Je wens komt niet uit. Er gaat iets gebeuren waar je niet blij mee zult zijn. Aan het einde van deze gebeurtenis krijg je een trouwring in je handen, maar het is een trouwring van tranen en niet van geluk.’

Mijn broer begon te lachen. ‘Natuurlijk begint u over een trouwring omdat ik zeg dat ik niet getrouwd ben, maar wat als ik zeg dat ik het wel ben?’

‘Dan nog zeg ik hetzelfde, mijn instincten liegen niet.’

Ik vond het steeds enger worden, toch popelde ik dat ze ook mijn toekomst zou voorspellen. Ik was de jongste, vijftien, dus met de meeste toekomst. Maar zover kwam het niet, papa haalde geld uit zijn zak en zei: ‘Ga maar anderen depressief maken, ik heb genoeg van jouw verhalen.’

Ze nam het geld niet aan! Ze keek naar mijn moeder en mij, glimlachte naar ons en tuurde in de ruimte boven onze tafel. ‘God zij met jullie,’ zei ze, en liep weg.

Mijn vader, die er niet in geloofde maar die wel degelijk onder de indruk was, zei: ‘Jullie moeten maar leren om nooit dat soort lui aan je tafel plaats te laten nemen, want dan denken ze dat ze je hele leven kennen.'

Verder zei niemand wat. We waren allemaal toch onder de indruk van haar.

Alleen mijn broer moest nog nalachen, een trouwring, hahaha.

46

Toen we terug waren in Ankara, gingen mijn vader en moeder en broer bij mijn tante op bezoek, ik ging logeren bij mijn zus en zwager. Mijn zus en mijn zwager waren vijf jaar getrouwd en dat hadden ze in hun tuin uitbundig gevierd, met heel veel champagne. Laat ging iedereen naar bed, met veel drank in het bloed. Ik was vijftien en mocht maar één glas champagne drinken, dus ik was de enige met een min of meer heldere kop.

Om vier uur in de nacht ging de deurbel, kort. Ik was waarschijnlijk de enige die het had gehoord en stond op. Mijn zus woonde in de bergen in een bebost gebied dicht bij Ankara, en het kwam nooit voor dat er passanten waren. Alleen mensen die voor hen kwamen wisten hun huis te vinden. Ik durfde de deur niet zomaar te openen, en vroeg: 'Wie is daar?' Een mannenstem zei: 'Ik ben het, Nusret.' Zo heette mijn broer in de gevangenis, maar die kon het toch niet zijn? Ik tuurde door het spionnetje. Ik zag een bebaarde man met lang haar staan, hij leek op Jezus zoals ik hem gezien had in films. Ik kneep mezelf om te controleren of ik aan het dromen was, maar dit was echt. Ik vroeg: 'Ben je echt mijn broer Nusret?'

'Ja,' zei hij. Ik deed de deur maar open, en keek naar zijn ogen. Het was echt mijn broer. Ik omhelsde hem, ik had hem al twee jaar niet gezien en al tien jaar niet meer omhelsd omdat we elkaar altijd alleen door tralies mochten zien. Ik begon te huilen, en hij ook. We stonden denk ik wel vijf minuten voor de deur in elkaars armen te huilen.

Ik liet hem binnen en liep naar de deur van mijn zus, maar ze werd niet wakker van mijn geklop. Mijn zus en haar man waren niet alleen dronken, maar ook lichtelijk doof. Ik vroeg mijn broer of hij honger had. 'Ik heb meer behoefte aan een douche,' zei hij.

Na een uur kwam hij uit de douche, gewassen en geschoren. Zijn haren had hij geknipt en hij leek nu veel meer op mijn broer. Hij was achtentwintig, maar hij zag eruit als veertig. Ik zag aan zijn gezicht dat hij geleden had. Zijn hemd was heel vies. Ik pakte uit de kledingkast van mijn zwager een schoon wit hemd voor hem en zei: 'Wanneer het ochtend wordt moeten we maar naar de stad gaan om van alles voor je te kopen.'

Mijn broer glimlachte alleen. Hij trok het vieze hemd uit, en ik wist niet wat ik zag. Een enorme schrik beving mijn hart. Ik zag op de borst van mijn broer vele dichtgeschroeide gaten. Ik vroeg hem wat dat was. Hij draaide zich om, op zijn rug zaten er nog meer. Hij trok gauw het schone hemd aan. Weer vroeg ik hem wat voor wonden dat waren.

Hij zei: 'Lief zusje van me, dat zijn de eeuwig blijvende littekens van mijn tien jaar. Ook wanneer ik mijn gevangenisperiode in mijn hoofd zal vergeten, zullen deze wonden mij eraan blijven herinneren dat ik daar geweest ben en hoe het is geweest.'

'Maar hoe ben je daaraan gekomen?'

Hij trok een joggingbroek aan en liep naar de woonkamer. Ik was stijf van schrik, ik keek hem na en wist niet wat ik moest denken. Van mijn moeder wist ik dat hij het niet makkelijk had in de gevangenis, maar dit kon niet waar zijn.

Ik liep naar hem toe, hij zat op de bank. Hij zuchtte diep en staarde voor zich uit.

'Wil je het niet vertellen?' vroeg ik ongeduldig.

'Nee, nu niet, ik wil even genieten van mijn vrijheid, wat is het raar om vrij in een woonkamer te zitten. Ik weet echt niet meer hoe het voelt om in een huis in een kamer te zitten. Heeft mijn zus whisky in huis?'

Mijn zus had in de woonkamer een rijdend tafeltje met drank, glazen en nootjes staan, een soort verplaatsbare bar. Hij trok het tafeltje naar zich toe en schonk een glas vol met whisky. 'Wil je ijs erbij?' vroeg ik hem.

'Nee, ik vind puur het lekkerst.'

'Het lekkerst? Heb je in de gevangenis dan ook whisky gedronken?'

'Ja.'

'Schenken ze daar dan voor iedereen whisky?' vroeg ik verbaasd.

'Nee, dat niet, maar als je geld had, dan kon je aan alles komen,' zei hij, en nam een flinke slok.

'Hoe kwam jij dan aan geld in de gevangenis?'

'Mama stuurde het altijd, dat weet je toch.'

'Nee, niet dat mijn mama je geld stuurde, wel dat papa eens in de maand tweehonderd gulden stuurde.'

De verdere details bespaarde ik hem. Dat mijn moeder huilde omdat dat nooit genoeg was, want mijn broer had een keer naar haar geschreven hoe duur het leven in een gevangenis was. Men deed alles voor je als je geld had, en als je dat niet had dan was je de knecht van de afdeling en moest je alles doen wat je gezegd werd. Mijn moeder wilde voorkomen dat haar zoon een knecht in de gevangenis werd en smeekte mijn vader elke maand om meer geld.

'Mijn vader stuurde inderdaad eens in de maand tweehonderd gulden, maar mama stuurde achthonderd en ze schreef mij vaak dat ik dat nooit mocht vertellen aan vader, want dat hij dan geen geld meer zou sturen.

Hoe kwam mijn moeder aan zoveel geld, vroeg ik mezelf... Op dat moment realiseerde ik me de waarheid. De garnalen!

Mijn moeder pelde dus niet voor ons, voor het eten en het huishouden, haar drijfveer was haar zoon in de gevangenis, daarom kon ze nachtenlang pellen zonder moe te worden of in ieder geval toe te geven aan haar vermoeidheid, zonder te klagen. Het was voor haar zoon, die geen knecht mocht zijn, die de baas moest zijn, want dat was je met veel geld in de gevangenis.

Mijn broer nam nog een flinke slok, zijn glas was bijna leeg.

'Wat moest je doen als je de knecht was van de afdeling?'

'Toen mijn moeder nog geen geld stuurde, konden ze alles met met doen wat ze wilden. Op een dag vroeg de baas van de afdeling mij in zijn bed.'

Hij dronk de laatste slok, had rode ogen.

'Ik weigerde en toen hebben zijn dienaren mij vastgehouden en heeft hij me verkracht. Daarna volgde de rest. Ik riep met alle energie die ik nog in me had naar de wacht, maar de bewaarders hoorden me niet. Ze mochten me niet horen, want het afdelingshoofd had ze omgekocht. Nadat ze me hadden verkracht smeten ze me op de grond, en vervolgens hebben ze één voor één hun sigaretten op mijn borst en rug uitgedrukt.'

Ik schrok van een knal. Mijn broer had het glas kapotgeknepen. Ik raapte de scherven op, zijn hand bloedde gelukkig niet.

'Kan je ook de scherven in mijn hart opruimen?' vroeg hij.

Ik zei niets, aaide over zijn hoofd en gaf hem een kus op zijn natte wang.

'Nachtenlang heb ik gefantaseerd hoe ik hun dit betaald kon zetten. In die tijd was het zover dat ik vanwege goed gedrag strafvermindering kreeg, en al snel naar huis mocht gaan. Maar ik kon het niet opbrengen om naar huis te gaan met zoveel woede en schaamte zonder het rechtgezet te hebben.

Toen jullie naar Nederland emigreerden, stuurde mama me een typisch Nederlands pakket. In dat pakket zaten drop, pindakaas, klompjes, een molentje, een T-shirt met koeien erop en een boek over Van Gogh. Het enige wat me echt inspireerde, was dat boek over Van Gogh en zijn leven. Dat hij zijn eigen oor had afgesneden trof me in het bijzonder, en ik dacht: "Je gaat dus niet dood aan het afsnijden van je oor, maar het zal wel pijn doen."

Op een nacht ben ik naar het bed van het afdelingshoofd gekropen. Ik wilde hem pakken, want hij was de oorzaak van mijn verkrachting, de anderen waren zijn dienaren, die moesten wel doen wat hij wilde. Ik heb zijn oor eraf gesneden.

Ik kreeg er vijf jaar bij, maar ik vond het niet erg. Ik

had wraak genomen, de gevangenen laten zien dat ik mijn trots en eer heb. Toen papa en mama het hoorden zijn ze naar me toe gekomen. Ik was inmiddels ook aan heroïne begonnen en verslaafd geraakt. Ik draaide door, en ze hebben me op de psychiatrische afdeling gestopt. Toen mama mij zag is ze flauwgevallen, dat weet ik nog. Ik woog achtenveertig kilo en was helemaal wit en blauw, zowel mijn gezicht als mijn lichaam.

Toen heeft papa mij laten overplaatsen naar een andere gevangenis, en mama fluisterde in mijn oor: ik zorg dat je elke maand meer geld krijgt dan nu, en dan word jij de baas van je afdeling en zal dit nooit meer gebeuren.'

47

Wat moet het moeilijk geweest zijn voor een moeder om haar kind zo te zien sterven in het leven, en machteloos toe te kijken.

Mijn vader liet zijn verdriet nooit echt merken, misschien deed het hem ook veel minder pijn. Maar mijn moeder leed er zo onder dat het duidelijk was dat ze niet meer echt van het leven genoot. Ze zei altijd als ze aan het bidden was: 'God, alstublieft, laat mijn zoon vrij, dan ben ik bereid om mijn leven op te offeren.' Ik begreep nooit wat ze daarmee bedoelde, het leek alsof ze wilde zeggen: een leven voor een leven.

48

'Ik ben onschuldig de gevangenis ingegaan, maar als bijna-moordenaar eruit gekomen,' zei mijn broer in tranen. Hij schonk nog wat whisky in. Dit glas dronk hij in één keer leeg.

Opeens keek hij mij raar aan. Hij glimlachte en aaide over mijn hoofd.

'Ik heb een droge mond, wil je die vochtig maken?'

Ik zei: 'Zal ik water voor je halen?'

'Kan je het niet vochtig maken met je tong?'

Ik schrok, ik wist niet wat hij bedoelde, ik wilde het niet weten.

Ik zei niets en deed niets, ik was verstijfd.

Hij zei: 'Je bent toch mijn verloofde, dat kan ik toch wel verwachten van je.'

Hij keek niet meer hetzelfde als vijf minuten geleden, het leek wel alsof hij nu iemand anders was.

Hij stond op en zei: 'Hebben ze geen muziek, laten we muziek opzetten, laten we dansen.'

Ik vond het goed, ik was allang blij dat ik niet meer naast hem zat met die blik van hem.

Ik zette de radio aan, hij pakte mijn hand en trok me naar zich toe. Hij had zich gewassen, maar ik kon nog steeds de gevangenis in hem ruiken. Ik vroeg me af of hij die geur ooit nog kwijt zou raken, die vieze geur, een mix van mufheid, urine, vuile sokken en verrotte vis. Een geur die ik nooit zal vergeten. Hij waarschijnlijk ook niet, maar misschien ruikt hij hem al niet meer, dat is vaak zo met geuren als je er te lang in zit.

Naast deze vieze geur rook hij ook nog naar whisky,

maar dat was als parfum vergeleken met de gevangenislucht. Ik deed mijn best om hem niet te laten merken dat ik hem vond stinken.

We stonden zachtjes te dansen, hij drukte mij tegen zich aan. Ik trok me terug, ik zag iets verschrikkelijks, hij had een erectie.

Ik deed alsof ik het niet zag, alsof ik niets in de gaten had. Ik liet zijn hand los en zei: 'Ik moet mijn zus wakker maken, wat zal zij blij zijn je te zien.'

Ik rende naar beneden en bonkte zo hard als ik kon op de deur, maar ik kreeg geen gehoor. Ik rende naar de badkamer, deed de deur op slot en begon te huilen. Ik vond het zo erg. Mijn broer was mijn broer niet meer, hij was zo veranderd. Dat was misschien ook logisch na tien jaar gevangenis, maar soms was hij wel precies mijn oude broer. Zou hij schizofreen zijn geworden?

Ik hoorde het slot van de kamer van mijn zus. Ik liep er meteen heen. Mijn zus kwam uit haar kamer en vroeg slaperig: 'Wat is er, waarom bonkte je zo op onze deur?'

'Onze broer, Nusret, is vrij, hij zit boven, hij wilde ons verrassen.'

Ik huilde nog steeds. Mijn zus dacht dat het gelukstranen waren en ik liet het daarbij. Ze liep zo hard ze kon naar boven, omhelsde mijn broer, zoende hem en knuffelde hem. Hij was weer normaal, hij riep mij: 'Lief zusje van me, zou je mij een glas water willen brengen.' Ik stond in de keuken koffie te zetten, en ik was zo blij te horen dat hij 'lief zusje van me' zei.

Misschien was hij niet veranderd, misschien kwam het door de whisky.

Ik bracht hem zijn glas water.

Mijn zus belde mijn vader en moeder en mijn andere

broer, Nihat. Zij logeerden bij mijn tante in Ankara, en ze kwamen er meteen aan. Binnen een uur waren ze er. Mijn moeder had die blik in haar ogen, een blik van geluk. Haar zoon was terug.

Het was een groot feest. We zaten met zijn allen aan tafel te vieren dat mijn broer weer terug was. Zijn vrijheid kon niemand hem afnemen. Het was een heel mooi moment. Totdat mijn broer Nusret tegen me zei: 'Schat, kom je bij me zitten.' Niemand had het in de gaten, het was toch heel normaal dat een broer zijn zusje schat noemde. Behalve ik, ik zag weer die blik in zijn ogen, die blik die niet bij hem paste.

Ik had het aan niemand verteld, ik wilde niemand storen in zijn geluk. Mijn broer was vrij en dat was het allerbelangrijkste.

Mama zei: 'Je broer wil dat je naast hem gaat zitten, hij heeft je natuurlijk gemist. Je was ook zo klein toen hij vertrok.' Ze kreeg weer tranen in haar ogen.

Ik ging naast mijn broer zitten. Hij prikte een stukje kipfilet aan zijn vork en wilde dat in mijn mond stoppen, maar ik vond het vies om van zijn vork te eten. Ik voelde me schuldig, maar ik kon het niet helpen. Ik weigerde. 'Ik heb er geen zin in, dank je,' zei ik.

'Hoe kun je dat afwijzen, je broer bedoelt het zo goed,' zei mijn vader streng.

Ik nam de hap, en trok de kip van de vork met mijn tanden in plaats van met mijn lippen.

Mijn broer sloeg een arm om me heen en zei plotseling: 'Hoe vinden jullie mijn verloofde? Na al die jaren heeft ze toch op mij gewacht.'

Niemand wist waar hij het over had. Mijn moeder vroeg verbaasd: 'Hoe bedoel je?'

Hij wees naar mij. Ditmaal vroeg papa wat hij bedoelde. Mijn broer wees weer naar mij en zei: 'Zien jullie haar dan niet, ze zit naast me!'

'Maar zij is je zusje Nilgün,' zei mijn moeder gechoqueerd.

'Nee, zij is mijn verloofde.'

'Lieverd, ze was heel klein toen je de gevangenis in ging, nu is ze gegroeid, ze zit in de puberteit, maar ze is wel je zusje.'

'Nee, ze is mijn verloofde.'

'Juist om te voorkomen dat ze geen vreemde voor je werd, hebben we haar toch elke zomervakantie meegenomen naar de gevangenis, lieverd, zij is echt je zusje.'

Hij stond boos op en schreeuwde: 'Jullie willen gewoon niet dat ik een verloofde heb!'

Hij liep naar de tuin. Mijn andere broer, die een paar jaar jonger was dan hij, liep achter hem aan.

Mama was kapot van dit tafereel. Dit had ze nooit verwacht.

Maar dat gold voor ons allemaal, iedereen aan tafel.

Mama wilde precies weten of hij ook zo had gedacht toen ik de deur opendeed. Ik vertelde alles zoals het was gegaan.

Mama kwam naar me toe en omhelsde mij. Ze drukte mij tegen haar borst en begon met haar gezicht in mijn haar te huilen. Zo bedroefd had ik haar nog nooit gezien. Zelfs mijn sterke vader zag er hopeloos en machteloos uit. Mijn zus zat te huilen, haar man streelde over haar hoofd.

49

Het was duidelijk, mijn broer was niet alleen lichamelijk gemarteld maar vooral geestelijk. Hij had ze niet allemaal meer op een rijtje, soms wist hij wie wie was en soms was hij het helemaal kwijt. Mijn moeder was intens gelukkig dat haar zoon eindelijk vrij was, maar onder haar masker van geluk kon je af en toe zien dat ze ook erg verdrietig was om wat haar zoon was aangedaan. Ze had heel vastbesloten tegen mijn vader gezegd: 'Morgen gaan we terug naar Nederland, hij moet opgenomen worden in een psychiatrische inrichting. Hij moet geholpen worden en dan wordt hij echt weer de oude, let maar op.'

'Lieverd, ik wil je niet kwetsen en ik zal mijn uiterste best doen om te zorgen dat hij de allerbeste behandelingen zal krijgen, maar ga alsjeblieft niet in je illusie geloven. Na alles wat hij heeft meegemaakt zal hij nooit meer de oude worden,' zei mijn vader en hij trok haar naar zich toe en gaf haar een knuffel.

Mijn vader was voor het eerst sinds tijden zo lief tegen haar. Ik had ze voor het laatst zien knuffelen toen mijn broer werd meegenomen door de politie.

De volgende dag zouden ze inderdaad vertrekken. We waren met twee auto's naar Turkije gekomen, één van de broer die bij Philips werkte en de andere van mijn vader. Ik zat altijd bij mijn moeder. Maar ditmaal vond ze het beter als ik niet in dezelfde auto zou zitten als zij, want zij ging bij mijn uit de gevangenis ontslagen broer zitten. Het leek ook beter als ik voorlopig een beetje uit zijn buurt bleef, aangezien hij nog steeds dacht dat ik zijn verloofde was.

Mijn nichtje en haar man zouden die zomer met ons meegaan, op vakantie naar Nederland. Wij vertrokken die dag nog, want dan konden we in Istanbul winkelen. Mijn moeder en vader en mijn broer uit de gevangenis gingen later, want mijn vader moest nog een visum voor mijn broer halen.

Ik stond onder de douche toen mijn moeder me riep: 'Nil, we gaan weg, we moeten eerst naar het Nederlandse consulaat, ik wil je een afscheidszoen geven.'

Ik was mijn haar aan het wassen en riep: 'Mam, mijn haar zit vol schuim, ik kan er echt niet uit komen. Ik zie jullie wel bij de grens, prettige reis.'

'Dag lieverd, pas goed op jezelf en neem een dikke trui mee voor in de auto.'

Toen kon ik niet weten dat ik mijn leven lang zou blijven treuren om het feit dat ik niet de badkamer uit kwam om haar een zoen en een knuffel te geven, om afscheid te nemen.

We winkelden en reden daarna door naar de grensplaats Kapikule, daar zouden we elkaar treffen, zo had mijn vader met mijn broer afgesproken.

We waren er om negen uur. Rond tien uur zouden zij er ook zijn, had mijn broer berekend.

Het werd elf uur, twaalf uur en wij zaten nog steeds in de auto. We durfden niet naar een restaurant of iets dergelijks te gaan, omdat we hen dan misschien zouden mislopen. Mobiele telefoons waren in 1986 niet zo vanzelfsprekend, bijna niemand had er een.

We vielen in slaap. Toen mijn broer wakker werd was het acht uur. Hij riep dat we wakker moesten worden. We zaten met zijn vieren in de auto, en hadden zittend geslapen. In je slaap voel je dat niet, maar wanneer je wakker wordt voel je het des te meer aan je benen, armen en vooral je nek.

Hij zei: 'Blijven jullie kijken, ik ga op zoek naar een telefoon om te vragen of ze op tijd zijn vertrokken.' Hij liep weg en kwam terug met de mededeling dat ze inderdaad op tijd waren vertrokken. 'Maar,' had mijn zus gezegd, 'het kan best dat ze vaker onderweg stoppen, vanwege onze broer.' Dat was inderdaad een logische verklaring.

Om tien uur 's avonds stonden we nog op dezelfde plek. Mijn broer ging weer bellen en mijn zus gaf hetzelfde antwoord, maar voegde eraan toe dat het nu wel erg lang duurde. En die bijzin zorgde voor bezorgdheid bij ons allen. Waarom duurde het zo lang, de afstand van Ankara naar Kapikule was negen uur rijden. Het was nu vierentwintig uur later. Mijn nichtje probeerde ons gerust te stellen: 'Misschien hebben ze wel een hotel genomen omdat Nusret zich niet lekker voelde, en jullie weten hoe graag mijn tante hem vertroetelt.' Dat klopte, en weer voelden we ons een beetje gerustgesteld.

Maar na twee dagen wachten vond mijn broer het een goed idee om naar een politiebureau te gaan en te vragen of er opstoppingen waren of iets dergelijks.

We reden naar een politiebureau. Mijn nichtje en ik moesten in de auto blijven en mijn broer en de man van mijn nichtje gingen naar binnen.

Na een uur kwamen ze lijkbleek terug. Mijn broer had gehuild, dat kon ik zien. Met trillende stem zei hij: 'Ze hebben een ongeluk gehad.'

'Mama! Hoe is het met haar?'

'Met haar is het goed, ze is weer teruggegaan naar Ankara met Nusret om hulp te halen.' 'Ooh, lieve God, bedankt dat je mijn moeder gespaard hebt,' riep ik vol geluk. 'En papa?'

'Hij is er erg aan toe, hij ligt in het ziekenhuis, vijftig kilometer hiervandaan.'

Hij trilde en huilde nog steeds. Ik begon ook te huilen en zei: 'Gelukkig leeft hij nog, ooh God dank je wel,' en klopte af dat hij dood zou gaan.

Mijn broer reed achteruit om te vertrekken, we hoorden de gil van een hond. Mijn broer stapte uit, hij had een straathond doodgereden.

Ik begon nu heel hard te huilen. Mijn oma had ooit gezegd dat het doodrijden van een hond ongeluk bracht, en de dood van een mens betekende. Ik begon weer af te kloppen: ik hoop dat mijn vader niet doodgaat: alstublieft God, laat mijn vader leven. Wat is het erg voor mijn moeder dat mijn vader daar ligt, ik snap niet dat ze weg is gegaan, dat is niets voor haar, bedacht ik me.

'Raar hè, dat mama niet bij papa bleef?' Mijn broer gaf geen antwoord.

'Ik hoop dat het gauw goedkomt met papa, wat ben ik blij dat er met mama niets aan de hand is, het idee dat er met haar wat was maakte me al gek, ik heb haar twee dagen niet gezien en ik mis haar al zo.'

We stopten bij een benzinestation. De man van mijn nichtje riep haar, of ze even wilde komen. Ze stapte uit en ze liepen naar binnen. Ik zag dat hij wat tegen haar zei waardoor ze van slag was. Ze pakte haar hoofd met beide handen en begon te huilen tegen de borst van haar man. Ik stapte ook uit en liep naar haar toe. Ik vroeg haar wat er was, ze draaide zich om en omhelsde mij, ze zei: 'Niets schat, ik vind het zo erg wat er allemaal gebeurd is.'

We liepen samen terug naar de auto, ik gaf haar een knuffel en zei: 'Het is wel heel erg wat er gebeurd is, maar ik ben zo blij dat er niets met mijn moeder aan de hand is, ze is mijn alles.'

Ze drukte mij nog dichter tegen zich aan.

En zo voelde het ook. Wel was ik bezorgd dat mijn moeder terug was gereisd met mijn broer die niet helemaal in orde was. Ik hoopte maar dat hij niet lastig was geweest onderweg.

Toen mijn broer de auto weer in stapte vroeg ik hem: 'Zullen we mama even bellen om te vertellen dat we op weg naar papa zijn?' Hij hoorde me niet en ik herhaalde mijn vraag, hij zei: 'Ze zal nog niet gearriveerd zijn, ze ging vanmiddag pas weg.'

We kwamen aan in het ziekenhuis. Het rook er net als de gevangenis waar we jarenlang op bezoek kwamen voor mijn broer, muffig, vies; naar bloed en urine, vreselijk.

Er waren twee soorten ziekenhuizen in Turkije, die van de staat en de privé-klinieken voor de welgestelden. Wanneer er een ongeluk gebeurde en men niet wist of de slachtoffers geld hadden, werden ze automatisch naar een staatsziekenhuis gebracht. Ik begreep niet waarom mijn moeder niet had geregeld dat mijn vader werd opgenomen in een kliniek. Ik zei het tegen mijn nichtje en haar antwoord was heel logisch: 'Wellicht heeft de ambulance je vader hierheen gebracht en kon mijn tante niets zeggen, van schrik.'

50

Dat was het allermooiste aan Nederland, rijk of arm, je werd goed behandeld in een goed ziekenhuis. Ik weet nog mijn eerste keer in een ziekenhuis in Nederland, dat was in 1980, toen we pas aangekomen waren. Ik moest geopereerd worden aan een liesbreuk. Het ziekenhuis was zo schoon, het rook er echt fris, de bedden waren mooi en nieuw, de verf zag er goed uit. Prachtig vond ik het.

51

Mijn vader lag alleen in een kamer. Naast hem stond nog een bed, met een grauw laken, besmeurd met bloed. Mijn vaders hoofd was kaalgeschoren en zat in het verband. Uit zijn neus staken kabels. Bijna zijn hele lichaam zat in het verband, in zijn mond stak een apparaat met een buis; het maakte veel geluid. Zo ongeveer al het verband was doorweekt met bloed. Ik durfde niet op zijn bed te zitten, maar kon amper staan van de schok. Mijn nichtje hield me vast en vroeg of ik naar buiten wilde gaan. Dat wilde ik niet, ik wilde bij mijn vader blijven. Het zag er zo erg uit, het leek alsof hij dood zou gaan.

Mijn broer stond tegen de muur geleund te snikken. We hadden niet zo'n hechte band met papa, maar het deed intens pijn om hem zo te zien. In ons hart hielden we van hem, hoe dan ook.

Mijn nichtje vroeg of ik wat wilde drinken, ik draaide me om om ja te zeggen, en toen zag ik iets onwaarschijnlijks.

Er lag een bebloed stuk stof op de grond naast het bed

met het besmeurde laken. Ik herkende die stof, grijs met witte bladeren, precies zoals van de jurk van mijn moeder. De jurk die ze de ochtend van haar vertrek aanhad. Ik pakte de stof, het was niet zomaar een lapje, het was een hele jurk. Ik hield hem omhoog, naar mijn nichtje. Ze had volle, grote tranen in haar ogen en begon te huilen. Mijn broer draaide zich om en zag mij, ik was bevroren, en stond daar nog steeds met die jurk. Ik kon niets zeggen.

Mijn broer zei: 'Ja, het is de jurk van mama, die trok ze uit voordat ze wegging omdat hij onder het bloed zat.'

En ik kon weer ademhalen, inderdaad, ze kon moeilijk op reis met een jurk vol bloed. Ik omhelsde haar jurk, ondanks al het bloed rook ik haar, haar lichaamsgeur, seringen.

Mijn vader lag in coma, dat was pijnlijk en heel erg. Maar het kon nog veel erger, had ik net gevoeld.

Ik pakte de hand van mijn vader en kuste het verband. We gingen naar buiten, mijn broer en de man van mijn nichtje waren even weg. Ik wist niet waarheen. Wij wilden wat frisse lucht, het stonk binnen echt. Toen kwam er een minibusje aan, er stapten vier mannen uit, ze liepen onze kant uit. Hoe dichterbij ze kwamen hoe beter ik ze thuis kon brengen. Het waren de vier broers van mijn vader, mijn ooms. We hadden nooit echt contact met hen gehad, ik kende ze niet goed. Ik zei tegen mijn nichtje: 'Kijk daar komen mijn ooms aan, mama heeft hulp gehaald.'

Ook al had ik geen intense band met ze, op zo'n moment voelt het heel goed om familieleden te zien. Ze vroegen waar mijn vader lag en we liepen met hen mee naar hem toe. Een van mijn ooms vroeg aan mijn nichtje: 'Is ze al gewassen?' Ik keek ook naar haar, ik snapte de vraag niet.

Ze vroeg mij of ik even naar buiten wilde gaan om te kijken of mijn broer en haar man al bij de auto stonden. Ik ging de kamer uit; de vraag bleef zich maar herhalen in mijn hoofd. Waar sloeg hij op? Wat ging het hem aan of ik gewassen was en wat een ongepaste vraag voor zo'n situatie. Ik klopte de hele tijd het nare gevoel dat ik in me had af, althans dat probeerde ik. Ik klopte op alles wat ik zag. Mijn oma had me verteld dat afkloppen een soort vernietiging was van negatieve energie. Ik klopte wel honderd keer, uit even zoveel angsten dat mijn vader dood zou gaan, of dat er iets met mama was en dat ze het niet wilden vertellen. Want dat was op dit moment wel mijn grootste vraag: waar was zij? Waarom was ze niet met mijn ooms teruggekomen?

Ze kwamen met zijn allen naar buiten, mijn broer en de man van mijn nichtje ook. Waar waren die al die tijd geweest?

Ik stond bij de auto, ze liepen mijn kant op, toen kwamen ze dicht bij me staan, het voelde niet goed, een raar gevoel wurgde mij en ik wist niet wat ik moest doen. Mijn nichtje kwam naast me staan en pakte mijn hand, een van mijn ooms zei: 'Je moeder is dood, het is moeilijk, maar je moet het accepteren, laten we blijven hopen voor de achterblijvenden.'

Nee, dat kon niet, het kon niet, ik had het al die tijd afgeklopt, het kon niet.

'Nee, dat kan niet, mama is naar Ankara, het is niet waar!!!' schreeuwde ik.

Ik verborg mijn gezicht in mijn handen en begon te

huilen, zo hard als ik maar kon. Mijn nichtje omhelsde mij en huilde mee. Mijn broer kwam erbij staan, aaide over mijn hoofd en begon nog harder te huilen dan hij al deed. Hij zei: 'Het is waar, zusje, ik was net in het mortuarium om haar te identificeren, zij is nog steeds even mooi.' Zijn stem smoorde in tranen.

Hij deed zijn hand in zijn broekzak en haalde er iets uit. Hij pakte mijn hand en legde er een gouden ring in. 'De trouwring van mama, de rest van haar sieraden is gestolen. De dame die haar heeft gewassen gaf hem aan mij.'

Haar trouwring, de ring waarmee ze trouw had beloofd aan een ongelukkig leven. Het was nu voorbij.

52

Ik stond verbaasd van mezelf, dat ik zelf niet doodging van dit nieuws. Ik had altijd gedacht dat ik ook dood zou gaan als mijn moeder stierf. Ik was aan het wachten tot ik stikte en neerviel, maar dat gebeurde niet, integendeel, ik begon na te denken, ik kon zelfs nog nadenken, hoe het nu verder moest.

53

Een vriendin belde een keer, Elyn, haar stem klonk bedroefd: 'Kun je naar het ziekenhuis komen, daar zit ik. Mijn moeder is opgenomen, de kanker is nu in een ver stadium.' Ze begon te huilen. Wat zeg je op zo'n moment? Het enige geschikte antwoord was: 'Ik kom eraan.'

Ik ging naar het ziekenhuis en trof mijn vriendin in tranen in de gang. Ze was enig kind, en ik kreeg het gevoel dat op deze momenten een broer of een zus een *must* is om de emoties en pijn mee te kunnen delen. Maar als je goede vrienden hebt, heb je ook geluk, want goede vrienden zijn de beste vervangers van broer en zus.

Ik omhelsde haar, haar tranen stroomden nog sneller. Ze stond schreeuwend te huilen. Ik dacht aan de zin 'het komt wel goed', hoe misplaatst die zou zijn, want het zou niet meer goed komen. Haar tranen waren voor het definitieve afscheid. Ze had geen makkelijk leven gehad. Haar vader kwam uit Oostenrijk, hij had haar moeder daar tijdens het skiën ontmoet. Omdat haar moeder niet wilde emigreren was hij naar Nederland gekomen en een restaurant begonnen. Haar moeder had zich kapotgewerkt om het restaurant samen met haar man van de grond te krijgen. Toen het eenmaal goed liep, kregen ze een dochter, mijn vriendin Elyn. Haar moeder stopte met werken. Algauw ontdekte ze dat haar man een vriendin had. Eerst dacht ze dat het een slippertje was, maar het was een blijvertje. Hij leefde twee levens, kreeg zelfs een dochter van zijn vriendin. Maar hield ook van zijn vrouw. Iedere betrokkene had de situatie geaccepteerd, behalve Elyn. Die kon het haar vader nooit vergeven. Nu haar moeder op sterven lag, was het verdriet tweemaal zo groot. De band met haar moeder was altijd sterker geweest dan die met haar vader.

Ik keek door de ramen van de deur naar binnen; haar vader zat binnen bij haar moeder. 'Het is beter als jij niet naar binnen gaat,' zei Elyn. Dat was ook helemaal niet bij me opgekomen, ik zou het niet in mijn hoofd halen om die mensen juist nu te storen. Misschien vroeg die man wel om vergiffenis of wie weet wat nog meer allemaal.

Die nacht bleef ik bij Elyn, in haar kleine flatje. Ze was tweeëntwintig en woonde al vijf jaar op kamers. Sinds ze het wist van haar vader wilde ze niet meer met hem in één huis wonen.

'Weet je wat ik heel moeilijk vind, mijn vader probeerde vanmorgen troost bij mij te zoeken en ik vond hem zo hypocriet, ik moest mijn best doen om dat woord niet uit te krijsen in zijn gezicht.'

Ik moest al mijn lef bij elkaar rapen.

'Volgens mij doe je er geen goed aan hem zo te veroordelen. Wat hij al die jaren heeft gedaan is misschien niet goed te praten, maar ik denk dat hij wel degelijk pijn voelt om het definitieve afscheid van je moeder. Ik denk niet dat dat hypocrisie is, misschien is het helemaal niet fout om juist nu dichter bij elkaar te komen.'

'Misschien,' zei ze kortaf. Maar ik wist dat ik haar aan het denken had gezet en dat was ook mijn doel geweest.

Om zes uur 's ochtends ging de telefoon. Ik sliep in de woonkamer en nam de telefoon op, het was Elyns vader: 'Ik ben in het ziekenhuis en ik denk dat het het beste is als jullie nu hierheen komen.' Ik rende naar de kamer van Elyn en maakte haar wakker. 'We moeten naar het ziekenhuis,' zei ik tegen haar. Ze stond op en zei helemaal niets, totdat we in het ziekenhuis waren. Ze keek alleen maar voor zich uit en veegde zo nu en dan een traan weg.

We wandelden door de gangen van het ziekenhuis, een huis dat zeer noodzakelijk is maar tevens het meest trieste en ongezellige huis dat er bestaat. Haar vader zat op het bed naast haar moeder. Toen wij de kamer binnenliepen stond hij op om Elyn een flinke omhelzing te geven. Ik merkte dat Elyn deze omhelzing verwelkomde en ze begon harder te huilen op de schouder van haar vader. Ze liepen samen naar het bed toe, en ik verliet de kamer.

Wanneer ik langs huizen loop, dan zie ik in ieder huisje een andere wereld. De wereld die ieder gezin voor zichzelf heeft gecreëerd. De pijn, de vreugde, ze doen het allemaal op hun eigen manier. Ieder huis kent zijn eigen baas, meedenker, meedoener, kwaaddoener en de lieve fee.

Een ander, uit een andere wereld, weet nooit echt hoe het er in dat huis toegaat. Iedereen speculeert er wel eens over, maar alleen de bewoner van die wereld weet hoe het er echt is. Dat was nu ook het geval, hoe vaak ik ook verhalen had aangehoord van Elyn, alleen zij drieën wisten hoe het echt was. Toen ik de kamerdeur dichtdeed, wist ik dat ik hen in hun eigen wereld achterliet.

Ik dacht aan mijn wereld, de wereld die al lang geleden verdwenen was, maar die in mijn hart en ziel zal blijven voortbestaan.

Ieder gezin maakt vroeg of laat kennis met de dood, iedereen leert vroeg of laat hoe pijnlijk het is. Maar ieder gaat er op zijn eigen manier mee om. Er zijn honderden theorieën over, maar eigenlijk bestaat op zo'n moment maar één ding, en dat is de omgang met de pijn.

Op een dag zag ik mijn moeder huilen, en ik vroeg waarom. 'Om je oma,' zei ze. Ik was pas negen, en ik begreep er niets van: oma was al drie jaar geleden overleden, hoe kon je dan nog huilen? Ze zei: 'Op het moment dat je iemand verliest aan de dood, doet dat pijn. Het is net vuur in je hart, alsof er miljoenen kaarsen in je hart en ziel branden. Elke dag zal er een kaars doven, maar één kaars van verdriet zal altijd blijven branden in je hart, tot je laatste adem.' Ik begrijp nu wat mijn moeder bedoelde.

Ik was blij dat ik bij mijn vriendin was en op mijn manier haar troost kon bieden; en bovenal dat zij bij haar moeder kon zijn tot haar laatste adem. Aan alles komt een einde, zelfs aan je adem, had mijn moeder ooit gezegd.

54

De moeder van Elyn was overleden, over twee dagen zou ze begraven worden. Ik zou Elyn bijstaan en naar de begrafenis gaan, waar ik zeer tegen opzag. Dit zou de eerste begrafenis zijn sinds die van mijn moeder. Ik stond er angstig tegenover, bang dat mijn emoties naar boven zouden komen. Het zou tevens mijn allereerste begrafenis in Nederland zijn.

Ik had zwarte kleren aangetrokken, dat zag ik altijd in films; als teken van rouw.

Een begrafenis leek een ontmoetingsplek met bekenden, kennissen en verre familieleden.

Iedereen leek zo beheerst, ik zag niemand huilen. Zelfs Elyn bleef er rustig onder. We werden naar binnen geleid door een man in een pinguïnpakje. Ik had weleens gehoord van een begrafenisondernemer, maar nooit geweten wat die nou precies deed. Dit dus, het begeleiden van de nabestaanden, werk waar niemand de zin en kracht toe heeft na een verlies. Wat een vreselijk vak leek mij dat, maar wel een moedig vak. In Turkije kenden ze zoiets niet, de dag dat ik het mijn tante vertelde keek ze er erg van op. En eigenlijk wist ze niet of ze zoiets nou leuk vond of juist niet.

We zaten met zijn allen in een grote zaal. Er was een podium en allemaal stoelen, alsof er een voorstelling gegeven zou worden. Eén voor één gingen familieleden, vrienden en kennissen een speech houden, vol complimenten voor de gestorvene. Dat vond ik wel raar aan Nederland. Men is over het algemeen niet echt complimenteus. Je hoort zelden hoe goed, geweldig, lief of bijzonder je bent. Maar als je doodgaat worden plotseling al je goede eigenschappen verteld, en dan is het eigenlijk te laat voor de persoon waar het voor bedoeld is.

Ik keek naar het hele tafereel, het zag eruit als een grote vergadering. Na de vergadering mochten we naar een andere kamer, waar je een kopje koffie met broodjes kreeg, sponsjes op sponsjes met een lapje zwetende kaas en een dode tomaat ertussen en een huilend slablaadje eromheen: broodje gezond.

Wanneer iemand sterft in Turkije dan wordt er voor alle arme mensen in de straat gekookt. Hier is iedereen rijk en eet men een broodje gezond.

Het is in Turkije ook de gewoonte dat je de eerste veertig dagen eten brengt wanneer iemand sterft, zodat de mensen in alle rust kunnen rouwen. Ik heb het in Nederland geprobeerd, maar het bleef bij één dag. De waardering was er wel, maar ik vroeg me af of men het zelf ook weer voor een ander zou doen, en dan pas, als je het door kunt geven, is het de moeite waard, vind ik.

55

Ik keek een keer naar een film op tv samen met mijn oma. In de film werd iemand gecremeerd. Mijn oma vond dat een heidense daad, onmenselijk, je verbrandde een lichaam niet, dat mocht niet. Ze vroeg aan mij wat ik ervan vond. Ik was zes, en begreep amper wat de dood was. 'Als ze je verbranden, waar gaan ze dan heen om bloemen te leggen?' vroeg ik. 'Nou, dat bedoel ik, alleen daarom is het al fout, het is toch fijn om iemand te bezoeken bij zijn laatste woning.'

Toen ik in Nederland kwam wonen en na tien jaar mijn eerste crematie meemaakte, dacht ik hetzelfde als toen ik zes was. Het is fijn om een bloemetje te brengen en te praten bij het graf, wetende dat de botten er nog liggen, een belangrijk deel van de geliefde persoon. Wanneer alles in as verdwijnt, is het gevoel vreemd. Maar ieder zijn gevoel. Ik leerde hier dat men het soms juist fijn vindt dat de as de eindbestemming is en de geest voortleeft in ons hart.

56

Wat ik wel heel mooi vond hier was het laatste afscheid. De kist is halfopen, je loopt erlangs, je kijkt, glimlacht, zegt wat of geeft een kus.

Ik dacht aan de dood van mijn moeder.

Die afschuwelijke manier van begraven.

Mama had een familiegraf, waar mijn oma, opa en oom lagen. Zij had daar ook begraven willen worden. We waren in Corlu en het familiegraf bevond zich in

Kirsehir, dat was met de auto zestien uur rijden.

In het busje waarin mijn ooms waren gekomen werd haar kist gezet. In Turkije zeggen ze dat we niet gelijk in de wereld komen. Als je rijke ouders hebt dan ben je een rijke baby, als je arme ouders hebt dan ben je een arme baby. Daarom moeten we wel gelijk dood; we worden niet in een dure kist begraven, maar naakt, gewikkeld in een laken. Dom of slim; arm of rijk, allemaal gelijk.

57

De kist waarin ze lag was helemaal dichtgenageld. Ze was op de moslimmanier rein gewassen in het ziekenhuis. Ze wassen en bidden tegelijk, vele gebedjes, vooral het gebed dat ze in vrede mag rusten.

Niet iedereen mag een dode wassen, daar zijn speciale mensen voor, dodenwassers. Het lijkt een klein beetje op begrafenisondernemers, maar ze beperken zich tot het reinigen. Mannen worden gewassen door mannen en vrouwen door vrouwen.

Daarna wordt de overledene in de kist gelegd, de kist gaat dicht en wordt pas opengemaakt bij het graf.

58

Het deed mij pijn dat ik mijn moeder niet meer kon zien, maar zo hoorde het.

We kwamen aan in Kirsehir, in het huis van mijn oma en opa, daar was mijn moeder geboren. Mijn oma was al overleden, maar mijn opa leefde nog. Hij was 102 jaar oud, en had in twee jaar tijd zijn zoon en dochter zien sterven. Wat een leed moet het voor een vader zijn, dat je je kinderen overleeft.

Mijn opa had een groot huis met een grote tuin. Mijn moeders lievelingsplek was die tuin, en mijn opa vond dat haar kist daar moest staan voordat ze werd begraven. We kwamen laat aan, en de kist stond de hele nacht buiten. Het huis was vol met mensen, voornamelijk familieleden maar ook mensen die ik niet kende uit het dorp. Gedeelde smart is halve smart, zo wordt er gedacht. Iedereen komt, velen nemen eten mee, geen zoetigheid zoals Turks fruit of baklava, omdat zoetigheid wordt gegeten in zoete tijden zoals bruiloften of feesten. Ik kreeg juist heel erg zin in zoet. Ik had een droge mond en proefde een bittere smaak. Ik moest er niet aan denken om wat hartigs te eten.

Tegen vijf uur in de ochtend begon het huis leeg te lopen. Alleen mijn tante, nichten, neven, broer en zussen waren nog aanwezig. Mijn broer uit de gevangenis was zoek. De arts had gesuggereerd dat hij in de shocktoestand van het ongeluk aan het dwalen moet zijn geraakt, of misschien was hij wel gevlucht uit onmacht en angst. Nu nog altijd is er een zoekactie naar hem gaande. Hij is nooit gevonden en ik heb geen idee of hij nog leeft.

Ik keek uit het raam, buiten scheen de maan op de kist van mijn moeder. Ik wilde naar buiten maar durfde niet. Het was mijn moeder die daar lag, ze zou mij niets doen, maar ik was toch bang voor de doden en hun geest. De vrouw van mijn oom had een keer verteld dat ze op een dag thuis zat en dat ze opeens haar man in pyjama rond het huis zag lopen, maar dat kon niet want hij was allang vertrokken naar zijn kantoor. Ze stond op om te vragen wanneer hij thuis gekomen was, ze riep hem, maar er kwam geen antwoord. Ze zocht hem in alle kamers, maar hij was nergens te zien. Ze dacht dat ze gehallucineerd had. Op dat moment ging de telefoon. Het was zijn secretaresse, die mededeelde dat hij een hartinfarct had gehad en overleden was op zijn kantoor. Zij geloofde dat het zijn geest was die naar huis was gekomen om afscheid te nemen. Misschien was het waar en misschien niet, maar het gaf haar een goed gevoel.

Ik vond het een eng verhaal, ik wilde mijn moeder niet zien lopen. Ze leefde niet meer, althans haar lichaam. Misschien wel haar geest, maar mijn verstand zou dat niet aankunnen, dat wist ik.

Wat was zo'n kist toch lelijk. Hij zou een andere vorm moeten hebben. Maar ja, zou dat het leed verzachten?

Om half zes liep mijn opa naar de moskee om een gebed te doen voor mijn moeder, voor zijn eigen dochter, misschien zijn allerlaatste gebed. Het gebed voor een overledene heet *Sela*.

Ik moet toegeven dat ik dat prettig vond van in Nederland wonen, geen Sela meer te horen. Ik heb er nooit tegen gekund, ook niet toen ik heel klein was. Wanneer ik een lijkwagen zie word ik al depressief, en zo'n Sela, een mooi gebaar aan de geest van een overledene, maakte me altijd de hele dag lang droevig.

Deze Sela zou mij mijn leven lang droevig maken.

Toen mijn opa terugkwam om half zeven, zaten we met zijn allen nog te huilen. Ik keek steeds naar de kist van mijn moeder. Ik vond het zo erg dat hij niet open mocht. Een oude vrouw van het dorp had gezegd: 'Als je haar weer ziet nadat ze gewassen en ingepakt is, dan is ze niet meer rein en ze moet rein begraven worden.'

Nee, ik wilde niet de reden zijn dat mijn moeder onrein begraven zou worden, maar ik vond het verschrikkelijk, ik had niet eens echt afscheid van haar genomen, wat deed dit pijn.

59

Om acht uur kwam de man van mijn tante. Inmiddels was het licht, en ik durfde naar buiten te gaan. Ik zat naast de kist op de grond te huilen. Mijn oom kwam naar me toe en streelde over mijn hoofd. Ik begon harder te huilen en zei tegen hem dat ik het verschrikkelijk vond dat ik haar niet voor een laatste keer kon zien.

Hij liep weg en kwam met een hamer terug. Hij sloeg de spijkers los. Het maakte een enorm kabaal, waardoor meerdere mensen naar de kist kwamen. Mijn oom had grote sterke handen, hij trok het deksel van de kist. Ik zag een wit laken. Hij trok het laken los bij haar hoofd, en toen kwam haar gezicht te voorschijn. Er lagen allemaal bloemen naast haar gezicht, haar lievelingsbloemen, de fluweeltjes, in oranje en bordeaux.

Ik had nog nooit iemand gezien die overleden was. Ik dacht altijd dat ze er eng uit zouden zien, maar wat was mijn moeder mooi. Ze glimlachte. Later hoorde ik dat de huid gaat hangen richting de oren, en dan lijkt het alsof iemand lacht. Maar ik geloofde, ik wist zeker dat ze lachte, het moest wel, want mijn moeder was naar de hemel.

Ze had een wit gezicht, maar haar wangen waren roze, haar lievelingskleur. Op haar kin had ze drie hechtingen.

Ik wilde haar kussen, ik moest haar kussen. Ik boog mij naar haar toe en sloot mijn ogen. Toen trok iemand mij ruw bij haar vandaan. Ik draaide me om, het was weer die stomme vrouw die ons had verteld dat je de kist niet kon openen vanwege de zonde. Ik wilde dat mijn opa haar de les las, maar ouderen moesten onderling elkaars meningen respecteren, helemaal wanneer het ging om tradities.

Gelukkig had mijn oom die gebroken.

Iemand had ondertussen gauw de lakens weer toegevouwen en het deksel op de kist gezet, het mocht niet zo lang duren.

Het lijkt wel alsof je op zo'n moment verstijft, niet alleen je lichaam maar ook je verstand. Niemand van de familie heeft erbij stilgestaan om met zijn allen echt afscheid te nemen, door een zoen. Mijn tante verklaarde later dat het beter was zo. 'Anders zou je je altijd een koude zoen op een koude huid herinneren, terwijl je je nu de warmte van je moeder herinnert.'

Misschien wel, misschien ook niet. Ik zal het nooit weten. Ik zal wel mijn leven lang mijn oom Mehmet Altin dankbaar zijn omdat hij ervoor gezorgd heeft dat ik haar heb gezien. Haar lachende witte gezicht met roze wangen zal mij altijd bijblijven, en dat voelt goed.

Het moment van het werkelijke afscheid was daar. Vijf mannen liepen op de kist af. Ze zouden haar meenemen en begraven.

Ze tilden haar op en liepen langzaam naar de deur van de tuin. Ik liep achter hen aan. Die oude dorpse vrouw trok aan mijn shirt. 'Je moet hier blijven,' zei ze.

Ik wist niet wie zij was, maar ze zat me de hele tijd dwars, ze leek wel de duivel.

Ik rukte me los. Eindelijk kon ik iets tegen haar zeggen, ik schreeuwde: 'Bemoei je er niet mee.' Ze kwam dichter tegen me aan staan, drukte mijn hoofd tegen haar borst en zei: 'Rustig maar, het komt allemaal goed.' Daar was de domste zin van de wereld weer, alsof het ooit goed komt dat mijn moeder dood is.

Ik trok mezelf los en liep achter de kist aan.

De oude vrouw zei: 'Ga er niet heen, dat beeld zal je altijd bijblijven, hoe je moeder gewikkeld in een laken in de grond wordt gelegd, ga niet.'

Maar natuurlijk ging ik, dit was het laatste moment dat ze echt bij mij was en ik bij haar. Mijn broer en oom tilden het laken uit de kist en legden haar in de grond. Even waaide het laken van haar gezicht, mijn broer schrok en deinsde terug, even later deed hij het laken dicht en klom uit het gat.

's Middags was er een diner, volgens de traditie, wanneer iemand begraven werd, kookte men in het huis van de overledene heel veel eten, zodat iedereen die het niet ruim had mee kon eten. Die goedheid was voor de ziel van de overledene, dan werd die aan de andere kant goed ontvangen, althans dat werd geloofd.

Tijdens het eten liep ik naar mijn broer toe en vroeg hem waarom hij zo was geschrokken bij het graf. Hij zei: 'Er zaten allemaal zwarte dingen op haar gezicht.'

Nu schrok ik ook, waren het wormen, beestjes?

De oude vrouw die mij de hele tijd dwars had gezeten gaf antwoord: 'Nee, dat zijn geen beestjes, ze hebben bloemen en zwarte *cullum*-zaadjes over haar heen gestrooid, die zaadjes zorgen juist dat de beesten een tijdje wegblijven door de geur, en zo blijft ze nog lang mooi onder de grond.'

Ja, het is heel belangrijk om mooi te blijven onder de grond, dacht ik cynisch. Maar misschien is het wel goed dat je niet meteen de eerste dag onder de grond geplaagd wordt door de beesten.

In plaats van futloos, half dood en ongelukkig was ik energiek. Verdrietig, maar vol levenslust, alsof ik nu een nieuwe missie had om mezelf te bewijzen aan mijn moeder, zodat zij zich geen zorgen hoefde te maken. Zij had gewild dat ik zou studeren en iets zou maken van mijn leven, ik mocht nimmer economisch afhankelijk worden van mijn man zoals zij dat was geweest. Dat was wat ik zou doen, iemand worden!

De broer van mijn vader kwam naar mij toe en vertelde mij dat hij mijn vlucht voor twee dagen later naar Nederland had geannuleerd: 'Ik denk dat het het beste is dat je bij je zus in Turkije gaat wonen. Je vader is nog in coma, en het lijkt mij geen goed idee dat je alleen teruggaat.'

Ik had net afscheid genomen van mijn moeder en nu verwachtte deze man van mij dat ik ineens ook afscheid zou nemen van mijn leven in Nederland. Hij mocht dan de broer van mijn vader zijn, maar ik had hem in mijn vijftienjarige leven niet één keer gezien, en nu stond hij mij de les te lezen over mijn leven. Ik was verstijfd en kon niets zeggen, gelukkig had ik een tante die dat voor mij deed. Ze stond op en zei: 'Denk je nu echt dat jij zomaar kan beslissen wat er met haar gaat gebeuren?'

'Ja, dat is de traditie, na haar vader is diegene die beslissen moet de broer van haar vader,' zei hij.

Ik wist niet wat ik hoorde, was hij soms gek?

Mijn tante zei: 'Haar vader is nog niet dood, en haar moeder heeft altijd gewild dat ze zou studeren en dat gaat ze ook doen. Ze gaat terug naar Nederland en begint aan de studie waar haar moeder haar voor in had geschreven. Zij gaat iemand worden en niemand spreekt dat tegen, ook jij niet. Ik hoop dat ik duidelijk genoeg ben!'

60

De volgende dag vloog ik naar Istanbul. De vlucht vanuit Istanbul was pas vijf uur 's ochtends, terwijl ik om acht uur 's avonds al aankwam met de binnenlandse vlucht uit Ankara. Het was niet echt een probleem, want mijn neef die advocaat was had een collega in Istanbul en die zou mij ophalen en in de nacht weer terugbrengen naar het vliegveld.

Het was een aardige meneer. Onderweg naar zijn huis vertelde hij dat zijn vrouw en zoon op vakantie waren, en dat hij alleen thuis was, of ik het erg vond. Nee, er waren dingen die ik veel erger vond op dat moment.

Eenmaal bij hem thuis wilde ik eigenlijk meteen slapen. Ik had hem niet veel te melden, ik had überhaupt niet veel te melden. Ik was verdrietig en wilde alleen zijn, het liefst slapen en wakker worden uit deze hele nachtmerrie.

Hij wees me de slaapkamer van zijn zoon, die acht jaar was. Hij had een klein bed, maar ik was ook niet echt groot, en ik paste in dat bedje. Hij vroeg of ik in zijn bed wilde slapen. 'Nee, u past helemaal niet in dit bedje,' zei ik. 'Dan slapen we toch samen in mijn bed.' Waar had hij het over?

Ik zei maar niets terug. Hij ging weg en ik kroop in

het bed. Hij kwam even later terug en deed het licht aan. Hij liet een kanten rode onderbroek zien. ‘Kijk, deze is van mijn vrouw, wil jij hem aan?’

Deze man was een collega van mijn neef. Die neef wist waarschijnlijk niet dat deze man niet in orde was. Maar ik werd wel bang. Ik was voor het eerst in mijn leven helemaal alleen en was overgeleverd aan een man die niet normaal was. Als hij me zou dwingen tot seks zou ik niets kunnen, hij was zo groot. Ik probeerde mijn verstand te gebruiken. Ik moest gewoon kalm bijven, kalmte en rust zullen je vriend zijn in tijden van paniek, had mijn moeder ooit gezegd. Een onmogelijke zin, maar wel de enige die in mij opkwam op dat moment.

Ik zei in alle ‘rust’: ‘Dat lijkt mij geen goed idee, mag ik nu slapen?’

‘Kom bij mij slapen, is veel gezelliger.’

‘Nee, ik lig hier heel goed in het bed van uw zoon, wat moet uw zoon trots zijn op u dat u voor hem zo’n goed bed hebt gekocht.’

Hij ging weg. Het was gelukt met woorden, dacht ik.

Twee minuten later kwam hij weer terug, ditmaal naakt. Het licht was nog aan. Ik had nog nooit in mijn leven een naakte man gezien.

‘Weet je zeker dat je niet met mij wilt slapen?’

Ik sloot mijn ogen snel. ‘Ik slaap al bijna, dank u,’ zei ik. Hij deed het licht uit en ging weg. ‘Angst is de motor en pijn de brandstof van angst,’ had mama gezegd. Ik heb de hele nacht niet geslapen maar gehuild. Ik had de vleugels van mijn moeder niet meer, geen bescherming. Was dit dan het echte leven? Ik ging bidden, het gaf me kracht: ‘Lieve God, laat alstublieft niet alle mensen zo gek zijn, anders kan ik het echt niet alleen aan.’

61

Ik zeg: Wanneer ben ik iemand?

Zij zegt: Wanneer je dat zegt.

Ik zeg: En niet wanneer je dat voelt?

Zij zegt: Ja, ook, maar het is heel belangrijk dat je het zegt!
Je bent iemand
wanneer je zegt:
ik ben iemand,
ik ben Nilgün.

En ik denk: Wat heeft ze toch goeie oplossingen, en zo simpel.
Misschien is de oplossing altijd simpel.
Even oefenen:
ik ben iemand
ik ben Nilgün.

62

Nu kwam ik voor de tweede keer naar Nederland, en ditmaal alleen, zonder de steun van mijn ouders. Maar met een missie, om iets te worden.

Eenmaal in Nederland, schreef ik een brief aan de koningin:

Lieve koningin,

Mijn moeder is dood. U bent nog de enige moeder die ik

heb, en dat voelt toch een beetje goed. Ik heb u nooit gezien, maar u was de reden dat ik geloofde dat ik in een sprookjesland leefde, want de enige koninginnen die ik ken zijn de koninginnen uit mijn sprookjesboeken. Toen we naar Nederland kwamen vond ik het heel erg om hier te zijn, weg van het land waar ik geboren ben en waar al mijn familie woont. Maar toen mama vertelde dat Nederland een koningin had, voelde ik me een beetje gelukkig, dit was dus een sprookjesland.

Ik vroeg aan mama wat de koningin hier deed, en ze zei dat u de moeder van alle moeders was, en dat het dankzij u allemaal zo goed gaat in Nederland.

Ik ben vijftien jaar en moet zorgen dat ik iemand word, al ben ik helemaal alleen.

Maar niet echt alleen, want er is een moeder van alle moeders en dat bent u. Daarom wil ik u bedanken, om het gevoel dat u geeft dat ik niet alleen ben.

Ik deed de brief in een enveloppe waar ik 'koningin' op schreef en gooide hem in de brievenbus.

Ik heb er nooit een antwoord op gekregen.

Maar ik heb ook nooit geweten of ze hem heeft ontvangen.

63

Ik kwam in een studentenflat in Steenwijkerwold te wonen, een flat met vierenzestig meisjes en een non, zuster Teresina.

Het was een soort campus, er zaten vele scholen, havo, mavo, lbo. Vroeger was het een pabo geweest, een lerarenopleiding. Er was een mooie kapel, waar we als we wilden op zondag naartoe konden.

Deze opleiding en huisvesting had mama geregeld voordat we naar Turkije gingen. Als zij dan weer terug zouden gaan kon ik hier blijven. Het was een betrouwbare, verzorgde flat, en de havo-opleiding had ik nodig om verder te kunnen. Dat was de wens van mama. Mijn vader wilde ook wel dat ik ging studeren, maar hij had niet zo'n vertrouwen in mij. Hij zei ooit tegen me: 'Jij zult nooit iets worden.'

Die zin gaf me meer zin dan tegenzin om te studeren. Ik zou hem wel eens wat laten zien, en dan zou hij zich schamen en zijn excuses aanbieden dat hij dat ooit had gezegd.

Mijn broer bracht me naar de flat, mijn thuis voor de komende drie jaar.

De school was al twee weken eerder begonnen, maar ik was door alles verlaat en kon nu pas komen. Er was gebeld naar school en de leraar had alles aan de klas verteld.

Lisette uit mijn klas, die op de kamer naast mij woonde, vertelde later dat ze toen ze mijn verhaal hoorde besloot mij goed op te vangen. Mijn moeder was overleden, dat moest vreselijk pijn doen, en ik was ook nog Turks. Nee, ze zou er alles aan doen om mij te leren mezelf goed te kleden en misschien het hoofddoekje af te doen. Ze zou mij leren om me op te maken, zodat ik er toch een beetje bij zou horen. En ze zou proberen mij af te laten vallen, want Turkse vrouwen waren vaak te dik en dat zag er ook niet zo mooi uit. Maar bovenal ging ze me helpen met de taal.

De dag dat ze me zag, begon ze te lachen. Ik was

slank, droeg geen hoofddoek, had kort, modern geknipt haar, was goed opgemaakt en goed gekleed.

En bovenal, ik was helemaal niet het zielige stille meisje dat ze verwachtte. Sterker nog, ik praatte veel, was vrolijk en spontaan en sprak goed Nederlands.

Ik was dus een meisje tegen al haar verwachtingen in.

'Vriendschap is net zo zacht en fijn ruikend als zeepschuim, maar je moet aan de zeep blijven wrijven wil je dat hij blijft schuimen.' We werden hele goede vriendinnen.

64

Dat vrolijke meisje, dat was schijn. 'Iedereen ziet wie ik ben, weinigen voelen wie ik ben.' Ik wilde niet dat ze mij zielig zouden vinden, ik wilde geen liefde en aandacht uit medelijden, dat had ik geleerd van mijn moeder. 'Zorg er altijd voor dat men van je houdt om wie je bent en niet om wat je bent.'

Ik merkte dat alles wat mijn moeder had gezegd nu pas een plekje, een waarde, een betekenis kreeg.

65

Mijn broer en ik waren onderweg naar de flat. Ik had maar één koffer, net als toen ik de eerste keer uit Turkije kwam. Ik had alleen mijn kleren en een paar foto's uit het huis van mijn ouders meegenomen, de rest wilde ik niet hebben of zelfs maar zien. Ik kon het niet verdragen, de herinneringen die naar boven kwamen door allerlei spullen. Ik voelde me sterk, maar dat was te veel voor me.

We zeiden niets tegen elkaar. Sinds de dood van mama hadden we niet één keer met elkaar gesproken over haar of de pijn die we hadden. Maar in ons stil-zijn voelden we elkaars verdriet, en we begrepen elkaar. Soms keken we naar elkaar, en dat was genoeg. We wisten ook helemaal niet welke woorden we moesten gebruiken om ons verdriet te uiten, ik niet in elk geval.

Mijn broer, Nihat, had het een stukje zwaarder gehad dan ik. Hij moest in het ziekenhuis in Turkije ook mijn vader bijstaan, en had al die dagen geprobeerd mijn vader naar Nederland te krijgen, want de zorg hier was veel beter. Dat had een hoop energie gekost, er kwamen veel formaliteiten bij kijken. De verzekering die alles moet regelen, moet eerst zelf gevoed worden met informatie, door het slachtoffer.

Nihat had alles geregeld, de verzekering betaalde uit.

Vervolgens was er een vliegtuig geregeld voor papa om naar Nederland getransporteerd te worden. Hij lag nog steeds in coma, dus het risico was groot. Nihat moest een brief tekenen dat de risico's die aan het transport verbonden waren zijn verantwoordelijkheid waren.

Nihat zette mijn koffer in mijn kamer en zei: 'Ik ben opgeroepen om in dienst te gaan. Ik ga volgende week weg en ben over achttien maanden weer terug.'

'Achttien maanden lang weg, dan ben ik echt helemaal alleen, kan je niet later gaan?'

'Nee, dat lukt niet, zusje, ik moet echt gaan, en het is misschien ook wel goed voor mij om alles te verwerken.'

Mijn broer ging weg, en ik zat daar in dat kamertje. Ik kon het alleen-zijn niet aan en liep naar de woonkamer, waar een paar meisjes van de flat en zuster Teresina zaten, ze keken televisie en dronken thee.

Ik veegde mijn tranen weg en liep de kamer binnen. Iedereen keek me aan. Ze wisten allemaal wat er gebeurd was. Zuster Teresina stond op en greep een pakje zakdoeken, gooide het naar me toe en zei: 'Je leert ermee leven.'

Het was een mooi gebaar, ik merkte dat zij een gevoelsmens was, ze had alles door. Ik pakte de zakdoeken aan en leerde ermee leven.

Een week na mijn intrek in de flat vertrok mijn broer naar Turkije. Achttien maanden lang zou ik mijn broer niet zien. Weer een afscheid, gelukkig dit keer niet definitief.

Ik heb hem niet kunnen uitzwaaien op Schiphol, want ik ging naar mijn vader die dag.

66

Papa lag nu in Groningen. Ze wisten niet of hij uit het coma zou komen of niet.

Elk weekend ging ik naar mijn vader, met de bus vanuit Steenwijkerwold. Ik had niet zoveel geld, alleen maar een beurs. Ik mocht niet aan mijn vaders geld komen, en zelf kon hij het niet geven.

Van de beurs betaalde ik de kamer en mijn studie. Soms leende ik geld van Lisette om naar mijn vader te kunnen gaan.

Één keer dat ik er was, zat er een vrouw met de arts van mijn vader op mij te wachten. Ze was een maatschappelijk werkster, en ze vroeg mij of ik het medisch rapport van het ziekenhuis uit Turkije en het politierapport wilde vertalen. Daarin stond precies wat er was gebeurd.

'Rond 22.30 uur heeft het ongeluk plaatsgevonden door een aanrijding met een tractor die zonder licht reed. De auto is op hem ingereden. Rond 23.00 uur zijn de twee patiënten binnengebracht. Door het ongeluk was de man zeer gewond, het stuur zat in zijn middenrif geklemd. De vrouw had een bloedende kin, maar was verder in normale conditie. De man werd meteen opgenomen in de OK en de vrouw werd geholpen door een zuster die een paar hechtingen deed in haar kin, die was opengesneden door de ruit van de auto. Verder werd gevraagd of ze wilde wachten op de operatie van haar man. De man werd volledig onderzocht en bleek een hersenbloeding te hebben aan de rechterkant, waardoor hij wellicht aan de linkerkant verlamd zal blijven. De operatie, die twaalf uur heeft geduurd, is goed verlopen. De vrouw had inmiddels aan de zuster gevraagd of ze even mocht liggen, en tijdens het wachten is ze gestorven aan een inwendige bloeding, die niet eerder geconstateerd was.'

Dit kon niet waar zijn, was mijn moeder op die manier gestorven? Gewoon zonder hulp tijdens het wachten op de operatie van mijn vader? Dit wist niemand, zelfs mijn broer niet. Niemand had dit rapport nog gelezen of er zelfs iets over gezegd.

Zou de verzekering niet gevraagd hebben naar het rapport?

Ik kon niet eens huilen, ik was zo verbijsterd dat het zo was gegaan. Gestorven aan een inwendige bloeding, in twaalf uur tijd. Ze had gered kunnen worden als men bij haar een onderzoek had gedaan, dan had ze misschien nu nog geleefd.

De maatschappelijk werkster pakte mijn hand en zei: 'Sorry dat jij dit moet vertalen, maar het is wel gemakkelijker zo.'

Nee, het was goed dat ik het mocht vertalen, nu wist ik tenminste hoe mijn moeder was gestorven.

'Ik ben blij dat je zo sterk bent,' zei ze. 'Er is nog iets wat je moet weten.' Haar gezicht stond verdrietig, het leek alsof er heel slecht nieuws in het verschiet lag. Maar ja, mijn moeder was dood, mijn vader lag in coma, wat kon er nog voor nieuws zijn dat mij meer pijn kon doen?

Weer pakte ze mijn hand, en omsloot die met haar handen. Ze zei: 'Je bent nog maar vijftien, dus volgens de Nederlandse wetgeving minderjarig. Je vader leeft, maar hij ligt in coma, zijn toestand is kritiek. Stel dat hij niet uit dat coma komt en sterft, dan moet je naar een pleeggezin.'

Ik had geen idee waar ze het over had, een pleeggezin, ik hoefde helemaal niet verpleegd te worden. Ik woonde in een kostschool, bekostigde zelf mijn verblijf daar, met af en toe een extraatje van mijn tante uit Turkije. Waarom moest ik dan naar een pleeggezin? En mijn vader zou helemaal niet doodgaan, dat kon hij niet maken, dan was ik pas echt wees. De letterlijke betekenis van het woord 'wees' was dat je je vader en je moeder niet meer had, maar de figuurlijke betekenis was veel erger. Je werd gezien als een zielig, afhankelijk en eenzaam individu.

Dat wilde ik helemaal niet zijn, en dat zou ik ook niet zijn. Ik wilde die titel niet, zodat mensen zouden denken dat ik het was.

Ik zei niets terug, keek alleen recht voor me uit.

Na een poosje schoot mij iets te binnen, ik vroeg aan de zaaldokter: 'Mag ik even naar mijn vader?'

'Maar natuurlijk,' zei de arts.

Ik liep naar de kamer van mijn vader. Hij lag aan al die apparaten, zijn ogen waren dicht en zijn hoofd was kaalgeschoren en voor de helft ingepakt in het verband. Er liepen slangen vanuit zijn neus naar zijn mond, om zijn handen zat ook allemaal verband, en slangen die weer een verbinding hadden met het infuus en een bloedbuisje.

Ik ging naast zijn bed zitten, pakte zijn hand, die zwaarder was dan normaal, ik kuste die en begon te huilen. Het enige wat ik kon zeggen was: 'Papa, je moet blijven leven, voor mij, voor mij moet je blijven leven.'

67

Ik keek in de spiegel en zag een meisje met kort haar en rode ogen van het huilen. Ze was lelijk en zielig.

Ik zag mezelf huilen. Ik had nog nooit gehuild terwijl ik naar mezelf keek. Ik waste mijn gezicht. De tranen kon ik wegwassen, maar ze bleven terugkomen omdat mijn verdriet bleef. Waarschijnlijk zou mijn verdriet voor de rest van mijn leven blijven, dat zou ik nooit weg kunnen wassen. Een smaragdje in mijn oorbellen glom. Ik had ze van mijn moeder gekregen. Ik vond ze niet mooi toen ik ze kreeg, maar nu waren het de mooiste oorbellen van de wereld. Misschien betekende dat glimmen dat ik sterk moest zijn.

Dit mocht niet, ik mocht nooit een zielig meisje worden. Ik waste mijn tranen opnieuw weg, en zorgde dat ze niet meer kwamen. Ik stopte met huilen.

68

Papa bleef leven, na vier maanden kwam hij uit coma en ging naar een revalidatiecentrum in Leeuwarden. Hij was net een kind, moest opnieuw leren praten en leren lopen. Er was veel beschadigd door die hersenbloeding.

De eerste woorden die hij sprak vormden een vraag: 'Waar is je moeder?'

Ik moest blij zijn dat hij weer kon praten, maar het maakte de werkelijkheid meteen een stukje moeilijker. Door woorden ontstonden vragen, vragen die ik moest beantwoorden, maar wellicht wilde hij die antwoorden niet horen.

Ik wist niet of het een goed idee was om de waarheid te zeggen. Hij praatte voor het eerst, misschien zou hij in een shock raken en nooit meer praten.

Ik ging dezelfde leugen gebruiken die bij mij ook was gebruikt, ik zei: 'Mama is naar Turkije gegaan, samen met Nihat, die nu in dienst is.' Hij keek voor zich uit en begon te huilen. Waarom huilde hij, zou hij doorhebben dat ik loog? Misschien wel. Ik vroeg hem niet waarom hij huilde, nee, geen vragen meer.

Dat had mijn moeder me ook geleerd: 'Je moet pas een vraag stellen als je denkt het antwoord aan te kunnen, en anders niet.'

De dagen gingen voorbij, tijd heelde niet de wonden, maar ik leerde te leven met de wonden die ik had.

69

Papa bleef leven, maar niet voor mij. Toen hij doorhad dat mijn moeder niet meer leefde, dat hij zijn linkerarm niet kon gebruiken en zijn linkerbeen mank was, kon hij dat niet verdragen. Hij was niet meer de gangmaker. Zelfs de linkerhelft van zijn gezicht was verlamd. Wanneer hij lachte, ging zijn mond rechts omhoog en links bleef hij staan. Hij was veranderd van een macho in een stille, zielige man, die dertig procent gehandicapt was. Om te bewijzen dat hij wel de oude was, is hij hertrouwd, met een meisje dat vierendertig jaar jonger is dan hij zelf. Het leek een verstandshuwelijk. Hij wilde haar om zichzelf te bewijzen, en zij wilde financiële zekerheid.

Hij deed alles wat zij zei. Zij hoefde zijn verleden niet en dat was goed, vond mijn vader.

Die dame zorgde ervoor dat mijn vader niets meer voor mij betaalde. Niet mijn studie, en ik kreeg ook geen zakgeld. Ze wilde zelf genieten van het geld. Ik kreeg het financieel heel zwaar, maar ik kon het hem niet kwalijk nemen. Uiteindelijk had mijn vader zijn levensgezellin van dertig jaar verloren, hij wilde ook niet alleen zijn. Mama had altijd gezegd: 'Alleen God kan de echte eenzaamheid verdragen.' Ik begreep mijn vader dus, en zijn vrouw eigenlijk ook wel, ze wilde met hem een nieuw bestaan opbouwen, en niet half om half. Een kwestie van kiezen.

Mijn tante had geen goed woord over voor wat mijn vader deed. Het was denk ik ook niet goed, maar hoe boos ik ook op hem was, ik begreep hem.

Nadat papa was hertrouwd, ging hij in Turkije op een

klein schiereiland wonen met zijn vrouw. Ik had niet echt contact met hen, maar ik belde af en toe om te vertellen hoe het met me ging. Maar elke keer kreeg ik het gevoel dat dat hun niet zoveel kon schelen.

70

Ik werd zelfs verliefd, op een jongen bij mij op school, Dick. Het was een hele mooie jongen met frisse, heldere blauwe ogen en donkerblond haar. Hij woonde in Giethoorn. Ik had toen een penvriend in Turkije, en ik dacht dat ik verliefd op hem was. Zijn moeder was ook dat jaar overleden, we waren lotgenoten en schreven dagelijks. Maar toen ik Dick ontmoette, was ik vaker met hem bezig in mijn hoofd dan met mijn Turkse penvriend.

Romantiek betekent vluchten uit de werkelijkheid volgens Multatuli, en dat klopte. Mijn verliefde gevoel voor Dick zorgde ervoor dat ik al het leed buiten het dorpje Steenwijkerwold even vergat. Ik was alleen maar bezig met Dick.

Het allerleukste is het natuurlijk wanneer verliefdheid beantwoord wordt, en dat gebeurde. Dick was ook verliefd op mij.

Hij zat bij mij in de klas en was me meteen al opgevallen. We hebben eerst een paar maanden naar elkaar gestaard, en op mijn verjaardagsfeest op 11 november hebben we voor het eerst gezoend. Een hele andere zoen dan die van Billy, een gevoelige, zachte, lieve zoen.

Hij bleef slapen, dat had ik hem voorgesteld. Hij woonde in Giethoorn en was met de fiets, maar hij had gedronken en het was al twee uur in de nacht. Er bleven wel meer mensen slapen, dat was het leuke aan de flat, er waren genoeg logeerkamers. Maar een paar vrienden en Dick bleven bij mij in de kamer slapen, op de grond.

Het werd winter. Ik was al een maand met hem, en vanaf de eerste dag bezig een trui te breien. Die was af.

Het was een soort bezigheidstherapie. Een donkergroene trui werd het, ik borduurde er zelfs met donkerblauwe wol zijn initialen op. De eerste trui die ik had gebreid.

Het was een liefdescadeau dat mijn geduld voor hem moest symboliseren. Hij waardeerde het. Hij was de mooiste jongen van de klas. En niet alleen dat, hij was mijn eerste verkering die ik verkering kon noemen. En Dick was niet alleen mooi, het maakte hem niets uit dat ik een Turkse was. Hij had geen vooroordelen over mij, hij vond mij mooi zoals ik was.

Ik was maagd en dat wist hij, en ook dat vond hij niet erg.

De flat waarin ik woonde was heel mooi en luxe, iedere etage telde zeven kamers, vier toiletten, een douche en een ligbad. Dat ligbad was mijn favoriet.

Het was vijf december, Dick en ik zouden het samen vieren, hij kwam naar mij toe.

Hij had een cadeau bij zich, en ik had ook een cadeau voor hem, maar geen gedicht. Ik kon niet dichten, of dacht dat ik het niet kon en begon er dus daarom maar niet aan.

Eerst gaf ik mijn cadeau. Ik had een fles aftershave gekocht, Amando bij de Etos. Ik wilde hem wel een echt duur merk geven zoals Boss of Chanel, maar daar had ik geen geld voor. Ik hoopte maar dat hij ook een klein cadeau gekocht had.

Dick had wel een gedicht gemaakt.

Lieve Nilgün,

Op een morgen klampte ze mij aan
Ik dacht wat moet zij van me
Lief kijkend en serieus zei ze
Dat ik naar haar party moest gaan

Ik zei ja en zou blijven slapen
Want ze houdt niet van een dronken persoon
Die dan naar huis gaat met een zingende toon
En zijn vuisten gebruikt als zijn wapen

11 november was de grote dag
die avond liep wat uit de hand
want om 4 uur 's nachts stond ik aan jouw kant
ik denk dat ik toen al wat in je zag

we hebben een fijne nacht gehad
ondanks dat we maar weinig hadden geslapen
proberen we toch een half uurtje te tellen de schapen
vanaf toen was je mijn schat

we wouden elkaar als goede vrienden houden
maar dat liep al gauw wat uit de hand
je zette voor mij een ander aan de kant
terwijl wij aan onze liefde bouwden

dit gedicht heeft niets met 5 december te maken
ik hoop dat je voor mij blijft voelen

zolang we bij elkaar krioelen
want is dat niet 't geval dan zal dat me raken

ik heb wat mee gebracht omdat ik je vertrouw
je houdt toch van iets dat ruikt
daarom hoop ik dat je het opgebruikt
maar ik doe dit alles omdat ik van je hou

71

Ik voelde me voor het eerst heel speciaal, een vrouw die begeerd werd. Nooit had ik dit gevoeld. Wat was dit mooi. Ik opende het pakje, ik werd rood van gêne, het was een fles parfum van Christian Dior. Ik schaamde mij voor mijn cadeau, ik vond het zo erg.

Ik beloofde mijzelf vanaf dat moment om nooit meer een goedkoop cadeau te geven aan iemand die ik waardeerde. Mijn moeder had niet voor niets gezegd: de waarde van een cadeau geeft ook je waardering van de persoon weer aan wie je het cadeau geeft. Dat wist ik, maar ik had net een trui voor hem gebreid en al die wol bij elkaar had veel geld gekost, want ik wilde de beste wolsoort die er was.

Hij ving het heel leuk op. Hij rook aan de fles en zei: 'Het ruikt wel lekker, ik gebruik Armani, maar deze ruikt ook heel lekker.' Armani, dat was pas een goed merk. Zat ik daar met hem, ik met mijn Dior en hij met zijn Amando, wat net geen Armani was.

Onze verkering heeft drie maanden geduurd.

Mijn moeder had ooit aan mijn zus verteld: verliefdheid duurt maximaal drie maanden, daarna klapt het om óf naar houden van óf naar een leegte. Op het moment dat je verliefd bent maakt je lichaam heel veel adrenaline aan, bij iedere kriebel die je voelt wordt weer een dosis adrenaline aangemaakt. Maar dat heftige proces kan je lichaam maar drie maanden aan, daarna moet het veranderen. Daarom is verliefd zijn zo kostbaar. Het duurt niet zo lang, je moet er maar van genieten wanneer het daar is.

Ik had er echt van genoten, heel veel zelfs.

Ik had zelfs een keer met hem gebadderd. Ik liet het bad vollopen, met veel schuim, trok mijn bikini aan en wachtte op hem. Toen hij naakt binnenkwam en mij met mijn bikini zag liggen, liep hij gauw de badkamer uit.

Hij kwam weer terug met zijn short aan.

Hij zei: 'Sorry, ik dacht dat we naakt zouden badderen.' Misschien moest ik wel sorry zeggen. Maar ik had nog nooit een naakte man gezien in het echt, behalve die vreselijke nacht in Istanbul, en niemand had mij zo ooit gezien.

Ik vond het eng en lelijk tegelijk, zowel de geribbelde penis van de man als de behaarde vagina van de vrouw. Nou had ik van mijn moeder geleerd dat het scheren van schaamhaar hygiënisch was maar toch vond ik het een lelijke vlakte. Zo'n bobbel bij een man was ook lelijk. Ik wist dat Turkse mannen zich ook scheren, van mama. Toen ze dat vertelde begreep ik waarom ze vaak met hun handen bij hun plekje zitten. Het kriebelt natuurlijk enorm.

We hebben kuis gebadderd. Wel raakte hij mijn borsten aan. Het voelde heel raar dat iemand aan mijn borsten zat. Ze waren begonnen met groeien op mijn dertiende, en het leek wel of ze niet ophielden, het ging maar door, net als appels rond en groot worden. Ik vond dat ze nu maar eens moesten stoppen met groeien. Het begon met cup A, na een jaar was het al B en inmiddels was het C. Een klasgenoot had D en dat was geen gezicht. Je zag eerst twee borsten aankomen en daarna zag je pas dat zij het was, althans zo werd er gepraat door de jongens in de klas. Nee, mijn borsten mochten nooit eerder dan ik arriveren.

Mijn oma had mij verteld dat ik mijn taille met katoen strak moest inbinden voor het slapengaan, dan zou ik een dunne taille krijgen. Een vrouw moest de vorm hebben van een Chinese vaas, dan was ze echt aantrekkelijk. Het kon alleen tussen je dertiende en zeventiende, daarna had het inbinden van je middel geen zin meer.

Mijn moeder vond dat grote onzin. Iedereen heeft een aangeboren vorm, het ligt vooral aan jezelf hoe dik of dun je wordt, maar dat inbindgedoe is niet gezond voor je lichaam. Je moet zorgen dat je er verzorgd uitziet, maar een gezond lichaam is belangrijker dan mooi. Mama deed van alles om te zorgen dat ik er goed uitzag, maar nooit ten koste van. Zo waste ze elke zondag mijn haar met lavendelwater. De lavendelstruiken kookte ze in water en met het aftreksel spoelde ze mijn haren. Het rook heel lekker, maar volgens mijn moeder was het bovenal heilzaam voor je hoofdhuid en voor de wortels van je haar.

Één keer in de maand gaf mijn moeder zichzelf, mijn zus en mij een haarmasker, een natuurlijk masker dat ze zelf maakte met honing, yoghurt, een ei en olijfolie. Ze masseerde de haren en de hoofdhuid met dit mengsel en vervolgens kamde ze de haren zodat het goed introk in ieder haarsprietje. Na een halfuur konden we het uitwassen en spoelen met lavendelwater, dat nam de vieze geur van ei en yoghurt weg en gaf extra glans.

Als kind vond ik het gewoon leuk, maar nu ik alleen woonde voerde ik nog steeds hetzelfde ritueel uit, omdat ik erin geloofde.

Maar ik geloofde ook in het ritueel van mijn oma, hoe mama er ook over dacht. Ik bond mijn taille elke nacht in voor het slapengaan, en zodra ik cup D had zou ik ook mijn borsten omzwachtelen. Als de katoen hielp om de taille niet meer te laten groeien, dan zou het ook helpen met de borsten. Voorlopig bleven ze cup C. Maar ik vond ze toch al gruwelijk groot voor mijn lichaam, dat maar achtenveertig kilo woog.

Ik deed altijd hele grote truien aan, en begon krom te lopen om mijn borsten te camoufleren.

Niemand had de vorm van mijn borsten gezien, ook niet onder een T-shirt.

Ik zag Dick kijken naar mijn borsten, in de bikini onder het schuim, veel kon hij niet zien, dacht ik.

Hij was heel netjes, hij vroeg of hij mijn borsten mocht aanraken. Het mocht, maar dan wel boven de bikini. Hij heeft niet geprobeerd om met zijn handen verder onder het schuim te gaan.

Een paar weken nadat we gebadderd hadden, was onze verkering ten einde.

We kregen bijna om alles ruzie en begonnen elkaar te ergeren in de klas. Hij vond mij niet meer leuk en ik hem ook niet meer. Ik vond het niet echt erg dat het voorbij was. Wat ik wel erg vond was dat ik nu niet meer verliefd was, en weer terug was in de realiteit.

Toen begon er een tijd dat ik verliefd werd op oudere vrouwen, niet seksueel maar meer uit sympathie. Ik zag in iedere oudere dame die lief en wijs en vooral mooi was, mijn moeder.

72

Ik zeg: Waarom zijn de dingen nooit net zo mooi als in het begin?

Zij zegt: De schoonheid verandert niet,
eigenlijk blijft alles even mooi
maar jijzelf verandert
omdat je ouder wordt.

En ik denk: Dat is waar,
dat is zo waar
goh, dat ik er zelf niet op gekomen ben...
Maar...
kamt hij nog steeds jouw haren?

Zij zegt: Nee, hij kamt mijn haren niet meer zoals hij dat deed
toen we pas getrouwd waren.
Hij heeft het druk.
Zijn dagen beginnen vroeg.
Bovendien mogen momenten,
hoe teder en kostbaar ook,
nooit een gewoonte worden,
want dan vergeet je wat ze betekenen.

73

Als kind vertelde mijn vader mij hoe hij een vrouw zag: ze was net een witte roos voor hem. Zo rein, puur, mooi en kwetsbaar. Ik heb nooit gevraagd waarom zij nou speciaal kwetsbaar was, dat gold toch ook voor mannen?

Inmiddels denk ik dat ik weet wat mijn vader bedoelde. Een vrouw is niet alleen kwetsbaar in haar emoties, maar ook in geweld. Geweld binnenshuis en geweld buitenshuis. Geweld buitenshuis is iets waar een vrouw alleen niets tegen kan doen, behalve op zelfverdedigingslessen gaan. De overheid kan nog een handje helpen door zeer zware straffen in te voeren voor verkrachting of aanranding.

Maar bij geweld binnenshuis moet een vrouw zelf de macht in handen nemen.

Als een vrouw haar keuze niet maakt, dan kan zelfs Amnesty er niets aan doen.

Ik had een buurvrouw die ik heel aardig vond maar niet geweldig. Dat ik haar niet geweldig vind komt doordat ze zwak was. Mijn buurvrouw was mooi, intelligent en erg carrièrebewust, dat waren haar zwaktes niet. Haar zwakte was haar huwelijk. Een huwelijk dat vol liefde en genegenheid begon, duurde nog steeds voort, alleen nu was er sprake van geweld, van haar man. Elke keer vergaf ze het hem.

Waarom accepteert zij in godsnaam die klappen en schoppen? Omdat hij erna sorry zei, en dat het hem speet? Haar antwoord was altijd: 'Omdat ik van hem hou...' Maar houden van is niet voldoende in een relatie.

Een goede relatie is voor mij net een cake die je bakt. Je hebt alle ingrediënten nodig, als er één mist dan mislukt de cake. En bij mijn buurvrouw had die cake in het begin de benodigde ingrediënten, maar hij was verbrand en dus niet meer te eten.

Ik dacht altijd dat economische afhankelijkheid de reden was waarom zoveel vrouwen toch bij hun partner bleven wanneer er geweld in huis kwam, maar nu zag ik dat dat helemaal niet altijd de reden hoefde te zijn.

Wat ik van mijn buurvrouw echt niet snapte was dat ze mijn theorie over man en vrouw altijd zo bewonderde. Ik vind dat God mannen lichamelijk sterk en vrouwen geestelijk sterk heeft gebouwd, om alles in evenwicht te houden. Maar zelf toonde ze dat ze zowel lichamelijk als geestelijk zwak was. Misschien is er niets mis als je het geweld van je partner gewoon accepteert en je relatie voortzet, wie ben ik dan om te zeggen stop ermee! Maar ze accepteerde het niet en ze stopte er ook niet mee. In Turkije zeggen we: 'Probeer je probleem op te lossen of te accepteren, maar je moet niet én het niet-oplossen én niet-accepteren en alleen erover zeuren.'

Ieder eind is een nieuw begin, maar als je niet eindigt dan zal een nieuw begin ook nooit komen.

Volgens mijn moeder kon niemand jou pijn doen, zolang jij dat niet toeliet, uiteindelijk ben je de enige die jezelf pijn kan doen, en zo is het ook.

Wat mijn vader betreft: een vrouw is inderdaad net een witte roos; rein, puur, mooi, maar kwetsbaar zolang ze zich kwetsbaar opstelt, niet anders.

Ik kon dit natuurlijk heel mooi vertellen en mijn moeder kon destijds leuk luisteren, maar we wisten allebei dat mijn moeder net zo zwak, misschien wel zwakker was dan de buurvrouw. Ze liet zich heel vaak slaan. De vraag blijft dan wie er fout is, de man die de vrouw slaat of de vrouw die het slaan pikt? In Turkije kon ik het me nog voorstellen, want een vrouw alleen krijgt daar geen uitkering en de alimentatie is zo laag dat ze nimmer alleen daarvan kan leven. Bovendien krijgt ze het stempel *Dul*, gescheiden vrouw; wat tot allerlei vooroordelen leidt. Maar in Nederland zijn die dingen wel goed geregeld. Mijn moeder hoefde het niet te pikken, ze kon alle kanten op maar ze bleef bij mijn vader omdat ze haar ouders niet wilde teleurstellen. Ze wilde niet aan de omgeving toegeven dat haar huwelijk was mislukt. En voor haar kinderen.

74

Ik zeg: De buurvrouw wordt geslagen door haar man.
Waarom pikt zij dat?

Zij zegt: Jij weet niet waarom het gebeurt.

Ik zeg: Dat maakt toch niets uit! Het gebeurt!

En ik denk: Soms zegt ze alleen maar woorden.
Alleen maar woorden!!

Zij zegt: Die man slaat.
Die man is zwak
Mensen die slaan, zijn altijd zwak.
Dat slaan is misschien het laatste wat ze nog hebben.
Je weet niet waarom die man zwak is geworden.
Slaat de buurvrouw terug?

Ik zeg: Nee. De buurvrouw slaat niet terug.

Zij zegt: De buurvrouw is sterk
en de buurman is zwak

En ik denk: Wat heb je aan die kracht
met al die blauwe plekken?

Ik zeg: Hij verkracht haar ook.
Ik weet het zeker.
Ik weet zeker dat ik het vannacht hoorde.

Zij zegt: Ik zeg het toch
De buurvrouw is sterk
en de buurman is zwak.

En ik denk...?

75

Ik kwam in Haarlem te wonen toen ik net achttien jaar geworden was. Ik had afscheid genomen van het beschermde Steenwijkerwold, de lieve non zuster Teresina, die veel voor me heeft betekend met haar nuchtere kijk op de wereld. Warm en eerlijk mens die ze was.

Ik heb in Steenwijkerwold veel geleerd, veel leren accepteren. Mijn moeder had altijd gezegd dat de enige manier om met leed te leven het accepteren is.

Ik heb een paar maanden geprobeerd om mijn verdriet weg te drinken, maar algauw vond ik een betere verslaving, namelijk de liefde. Met iedere liefde die ik voelde kon ik het leven beter verdragen.

Een nieuw leven in Haarlem, spannend en eng tegelijk.

Ik kwam in een kamertje te wonen in Heemstede. De eigenaar en eigenaresse waren hele aardige mensen op leeftijd. Ze hadden een groot huis, waarvan ze de zolder verhuurden aan vijf meisjes. We deelden een badkamer, een toilet en een keuken. Net zoals vroeger met de familie. Het was klein, maar voelde wel goed. Ik had de kleinste kamer, twee bij tweeënhalf. De huur was net te betalen. Ik wist dat het niet echt makkelijk zou zijn, mijn huur, school en dagelijks leven te bekostigen, maar hoe dan ook, ik zou overleven.

Ik ging op zoek naar werk. Bij Xenos werd ik aangenomen voor de zaterdag- en donderdagavond.

Mijn school was twintig minuten fietsen vanuit mijn huis. Alles begon een plekje te krijgen in de stad. De eerste dagen deed ik er wel een uur over om op school te komen, ik verdwaalde vaak onderweg. Ik voelde me als een dorpsmeisje in een grote stad.

Een maand nadat ik in Haarlem was komen wonen, werd ik opgenomen in het ziekenhuis. Ik moest voor de tweede keer een liesbreukoperatie ondergaan. Ik was alleen, mijn vader, die in het land was met zijn vrouw, had me naar het ziekenhuis gebracht en afscheid genomen omdat ze naar Turkije zouden vertrekken. Ze gingen met de auto, want dan konden ze onderweg nog genieten van hun vakantie in andere landen. Mijn vader vond het niet zo'n heftige operatie dus blijven was niet echt nodig. Het klopte, de operatie was niet zo zwaar, ik was al eerder geopereerd aan een liesbreuk. Wat wel heftig was, was het feit dat ik heel moeilijk bijkwam uit de narcose. De vorige keer had het een dag geduurd, de artsen hadden dat kritisch genoemd. Dat wist mijn vader ook, dat de narcose een grotere zorg was dan de operatie. Maar zijn vrouw had het gehad met het koude, natte Nederland, en een tussenstopje in Italië was ook zeer belangrijk.

Ik heb geleerd van mama: 'smeken doen de hulpelozen, zorg dat je nooit hulpeloos wordt'. Ik wenste ze een prettige reis.

Gelukkig had ik mijn vriendin Lisette, zij bleef de hele dag van de operatie wachten totdat ik na acht uur weer bijkwam.

Misschien zijn goede vrienden wel waardevoller dan familie.

76

Na de operatie begon ik weer met werken. Inmiddels was het niet alleen Xenos maar ook een restaurant in de avond, 's zondags strijken en door de week voordat ik naar school ging schoonmaken in allerlei huizen. Om half zes ging de wekker en om zes uur stond ik schoon te maken in grote huizen in Heemstede. Half negen begon de heao. Van half vier tot vijf deed ik huiswerk en at ik, en om half zes stond ik alweer in een restaurant te serveren. Om half één lag ik in mijn bed. Weekeinden waren iets anders ingedeeld. Op zaterdag werkte ik tot vijf uur in een winkel als verkoopster, en 's avonds in een restaurant. Wanneer ik naar die winkelstraat in Haarlem kijk, heb ik ze bijna allemaal gehad.

Wat vond ik het verschrikkelijk om in de horeca te

werken. Ongeduldige, chagrijnige klanten. Klanten die denken dat ze alles kunnen maken omdat ze voor het eten betalen, klanten die dachten dat je alles pikte omdat je zo graag je fooi wilde, vreselijk vond ik het. Wel heb ik ervan geleerd, want wanneer ik nu uit eten ga, ben ik ontzettend dankbaar dat ik bediend word. Al sla ik soms door, en geef ik de serveerders het gevoel dat ik àlles goedvind, waardoor ze mij lakser behandelen dan andere klanten. Maar goed, dat is dan geheel mijn probleem. Niet alleen de klanten waren vaak moeilijk, de baas kon ook verschrikkelijk zijn. Ik werkte een poosje in Dreefzicht, een Van der Valk-restaurant. De eigenaar was een hele arrogante Van der Valk. Hij behandelde mij als een stuk vuil. Op een dag zei ik tegen hem: ‘U behandelt mij als een hond.’ Hij zei: ‘Je bent ook mijn hond.’ Ik was geschokt. ‘Is dat zo,’ zei ik. Ik deed mijn schort af en zei: ‘Ik stop met werken, ik wil weer mens zijn.’ Ik stak mijn hand uit en zei: ‘Toch bedankt vor de samenwerking.’ Hij keek naar mijn hand en zei: ‘Ik geef geen hand aan honden.’ Ik ben weggelopen. Voor mij geen Van der Valk meer, althans in Haarlem.

Zondagochtend vrij, ’s middags strijken in een paar huizen, en zondagavond was het weer horeca. Zo heeft mijn studententijd eruitgezien.

77

Twaalf jaar later trad ik op in Stadsschouwburg Haarlem. Nu was ik niet meer het meisje dat huizen schoonmaakte en in de winkels of restaurantjes stond. Ik was nu het meisje dat het levensspel op het podium speelde, ik verdiende nu aan mijn verleden.

Het mooiste moment was toen ik op de eerste en de tweede rij mijn vroegere huisbazen zag zitten, en de mensen wier huis ik schoonmaakte, mijn oude leraren, klasgenoten, mijn bakker, restauranteigenaren, ze waren allemaal komen kijken.

Het was een soort verzoening met mijn verleden, of misschien een soort overlevingsbevestiging, een heel speciaal gevoel.

78

Mijn liefdesleven was toen het enige wat mij uit de realiteit haalde. Ik was echt alleen en hunkerde naar een vriend.

Maar ik koos altijd de verkeerde vrienden, ze belandden gewoon op mijn pad. Elke keer volgde ik het motto 'als je niet in de zee durft te springen, kom je er nooit achter of je drijft of zinkt'.

Terwijl ik mooie, sterke teksten had over mannen en mijn liefdesleven, waren de echte teksten in mijn leven hopeloos.

Lieve papa,

Ik heb u vele brieven geschreven, maar geen enkele hebt u beantwoord, en dat doet mij heel veel pijn. Lieve papa, in mijn vorige brief heb ik verteld hoe ik ervoor stond. Ik weet dat het ook niet zo goed gaat met u, maar toch wil ik u vragen mij te helpen. Ik heb niemand anders. Ik heb het heel moeilijk papa, voor het eerst sinds mama dood is, kan ik geen kant meer op. Ik werkte hard en verdiende geld om mijn studie te betalen, maar ik ben een maand ziek geweest en kon mijn bed niet uit, ik had voorhoofdsholte-ontsteking. Omdat ik een maand niet heb kunnen werken heb ik niets verdiend. Ik ben twee maanden achter met de huur, mijn telefoonrekening staat open, mijn huisbaas dreigt dat ik het huis uit moet als ik mijn huur niet betaal. Papa, ik geneer mij om u deze brief te schrijven, maar ik kan geen kant op. Het ergste is mijn studie, de kosten worden hoger en ik kan het haast niet meer betalen. Mijn diploma zal mijn enige wapen zijn om uit de armoede te raken. Help me papa, om mijn studie te kunnen afmaken.

Ooit zei u: jij zult nooit wat worden. Ik weet niet waarom u dat zei, maar ik wil u laten zien dat ik wel wat ga worden. Mijn broer heeft me twee keer geld gegeven, maar hij kan dat ook niet meer. Hij komt zelf net rond. U bent mijn laatste hoop papa.

Lieve papa, schrijf alstublieft wat terug, ik heb heel erg steun nodig. Ik weet dat u ook steun nodig hebt, maar u hebt tenminste levenservaring. Ik sta nog aan het begin en weet niet hoe alles moet.

Ik heb zoveel pijn omdat mama er niet meer is.

Papa, het spijt me als ik u pijn doe met mijn verdriet, maar ik had behoefte om mezelf te uiten.

Groeten aan uw vrouw. Ik hou van jullie, vergeet mij niet, wat er ook gebeurt!

Liefs, Niloș.

Nilosch, zo noemde mijn vader mij toen ik kleuter was, dat stond voor Nilgünnetje.

Ik heb nooit antwoord gekregen op mijn brief, maar na drie maanden had mijn vader tweehonderd gulden gestort op mijn rekening, dat deed hij viermaal, daarna hield het op. Ik belde om te zeggen dat het er die maand niet op stond, hij zei: 'Het is voor mij ook lastig om die tweehonderd gulden elke maand te missen, misschien moet je een jaar stoppen met studeren en alleen maar werken en sparen, dan kan je met dat geld het jaar erop de draad weer oppakken.' Vervolgens gaf hij de hoorn aan zijn vrouw, die zijn woorden nog een keer herhaalde.

Ik zwoer nooit meer geld aan mijn vader te vragen, al zou ik doodgaan van honger. Dit soort tips hoefde ik niet meer.

79

Ik versleet vier psychiaters om te praten over het feit dat ik mijn moeder niet meer had. Telkens dacht ik: stelletje gekken, wat helpt praten nou, met praten krijg ik mijn moeder niet terug. Ik had gelijk, met praten kwam mijn moeder niet terug, maar ik had ook ongelijk want praten hielp, ik leerde accepteren dat ze er niet meer was, en vooral ermee te leven.

Ik ben vol liefde, ik heb geen spijt, alleen om datgene wat ik niet heb kunnen beleven, en zoveel spijt is dat niet, want ik sta nog maar aan het begin. Vandaag is van mij, en morgen laat ik aan zichzelf over. En gisteren? Denken aan gisteren is een soort tijdverlies, en tijd is kostbaar. Je kunt het niet kopen of verkopen, maar de waarde is onschatbaar.

Het plantje dat mijn ouders uit de Turkse grond hadden gerukt en in Nederland hadden geplant, moest bloeien en groeien.

Ik noemde het plantje Sneeuwklokje. Ze heeft het gered. Sterker nog, ze heeft nu hier diepere wortels dan in het land van herkomst. Ze kan het leven aan, in beide landen.

80

Ik kende hem twee weken. Ik had er behoefte aan mijn gedachten over hem op papier te zetten. Uiteindelijk was schrijven mijn grootste liefde.

Wie is hij? Iemand die bij mij dezelfde gevoelens, angsten, verlangens, wensen, twijfels en hoop oproept als al die anderen, dus zo bijzonder is het niet. Toch is er iets wat in mij krioelt, wat ik niet echt kan omschrijven.

Hij is poëtisch en apart. Soms heb ik het gevoel dat ik begrepen word en dat voelt goed. Maar soms is hij net een dubbele knoop.

Hij communiceert gemakkelijk met zijn omgeving, is spontaan en praatziek. Hij is intelligent, reageert prompt. Hij is goedgebouwd, humoristisch. Wel neemt hij moeilijk een beslissing, nee keuzes maken is niet zijn sterke kant. Hij is in staat tien keer van idee te veranderen in vijf minuten.

Ik denk dat hij net als de wind is, maar dat geeft niet, want dat is wat me zo in hem amuseert. Ik denk dat hij flirt, aanraakt, plaagt, proeft, maar zich verzet tegen de echte hartstocht. Misschien is hij wel bang. Hij zit met een relatie die net voorbij is, die nog leeft, en hij wil niet in de val lopen van de liefde en de vrouw.

Biologische realiteit is dat we elkaar heel aantrekkelijk vinden.

Ik denk dat ik zijn ingewikkelde natuur begrijp, ik denk dat we even intelligent en scherpzinnig zijn. Ik denk ook dat er gevochten moet worden als de gevoelens echt, sereen en bestendig zijn, want uiteindelijk is het ondenkbare uitvoerbaar.

Misschien is het fout dat ik hem zo analyseer. Als je iemand in stukjes hakt om vervolgens elk stukje onder de microscoop te onderzoeken dan is het moeilijk hem te accepteren zoals hij echt is. Maar gelukkig analyseer ik hem met het besef dat ik ernaast kan zitten, ik zal hem er niet om veroordelen.

Soms verbaast hij me juist door heel anders te zijn dan mijn gedachten over hem. Ik vraag me af hoeveel momenten we nog samen zullen hebben. Ik weet niet of hij in staat is een andere relatie aan te gaan.

Ik denk weer eens... van niet.

Hij moet nog veel ontdekken over zichzelf en over de relatie die voorbij is, maar nog steeds voortleeft in hem. Hij moet nog ontdekken dat iets wat voorbij is echt voorbij moet zijn, anders wordt het een kwelling. En ontdekken betekent leven, ik leef volop omdat ik elke dag dingen ontdek, in mezelf en in alles om me heen. Ik hou van dit leven.

Het is oud en nieuw. Ik verlaat het jaar met een hart vol scherven, telkens als ik dacht dat ik de liefde had gevonden kwam die nog verder van me af te staan.

De liefde die ik heb gevoeld voor mijn moeder zoek ik in mannen, en ik wil vooral ook geven, meestal stikken ze van mijn liefde en is het gauw voorbij.

Mijn voornemen voor het nieuwe jaar zal zijn dat ik niet meer desperado zal zoeken naar een vriend.

Ik heb al jaren achter de liefde aan gerend, nu moet de liefde maar een beetje moeite doen voor mij.

Je bent drie keer getrouwd geweest maar hebt er duidelijk nog niets van begrepen. Je bent een goede zakenman geworden, maar vergeet dat een huwelijk ook een bedrijf is dat je moet runnen. Je moet er energie, tijd, verantwoordelijkheid, vertrouwen en eerlijkheid in stoppen wil je er rendement van zien. Wanneer je deze dingen erin stopt dan is de winst groot, niet in geld uitgedrukt maar in passie en zaligheid. En als je deze dingen niet kunt missen voor je huwelijk, kan je er maar beter niet aan beginnen.

Sommige mensen hebben gewoon niet de capaciteit om twee bedrijven te kunnen runnen, het emotionele en het zakelijke. Die kiezen dan vaak alleen voor het zakelijke en blijven hunkeren naar het emotionele bedrijf, dat ze niet van de grond krijgen.

Het is op niets uitgelopen.

81

Aron, zo heette de man die mij een duw gaf in een café. Ik draaide me om en kreeg tot mijn verbazing nog een duw en een heleboel scheldwoorden. Later bood hij zijn excuses aan, en het was goed, want ondanks zijn gedrag vond ik hem wel grappig. Voor die avond bleef het daarbij. De dag erna was ik weer in hetzelfde café, en hij ook. Ik maakte kennis met hem, het bleef bij een groet. Hij stond met een paar dames te praten. Ik dacht dat een van de dames wel zijn vriendin zou zijn, en besteedde verder geen aandacht aan hem. Later op de avond kwam hij naar me toe en vroeg of ik wat wilde drinken. 'Een appelsapje, want ik voel me zo appelig,' zei ik. Hij moest lachen. 'Appelig,' herhaalde hij en vertrok naar de bar. Waarom zei ik dat nou, en wat was dat voor gevoel, 'appelig'. Misschien zou hij ernaar vragen, en wat moest ik dan zeggen? Wat ik echt voelde kon ik hem niet vertellen. Misschien was appelig wel een omschrijving van het gevoel versierd te willen worden, want dat was precies wat ik wilde. Hij kwam terug met een glaasje apfelkorn.

'Ik denk dat jij met je appelige gevoel wel iets sterkers kan gebruiken dan appelsap,' zei hij.

Ik ging er maar niet op in. Na een halfuurtje ging hij weg. Hij had geen vriendin.

Dit was nou het vreselijke aan ontmoetingen in een café, je moest maar afwachten of iemand je telefoonnummer vroeg, zelf durfde ik het niet. Het enige wat je kon hopen, was dat je hem weer tegen zou komen.

En dat gebeurde ook, ik ging een week daarna weer naar het café en zag hem meteen staan. Hij had een pet op en zag er sportief en lief uit. Hij had groene ogen en donkerblond haar, hij was lang en breed en gespierd, hij had een basketbalkontje.

We groetten elkaar en even later stond hij voor me met een apfelkorn, wat ik helemaal niet lust. 'Voor het appelige gevoel,' zei hij. We hebben die avond met elkaar staan praten totdat de barman 'de laatste ronde' riep.

Hij was vijftien jaar ouder dan ik, maar dat leeftijdsverschil zag je niet en hoorde je niet. We gingen op een bankje zitten op de Grote Markt, we praatten, soms waren we even stil. Dit was de eerste keer dat ik stil kon zijn met een man zonder een rotgevoel. Vaak als ik met een man ging eten en we zeiden even niets, werd ik onzeker en ging geforceerd praten. Misschien was stil kunnen zijn met iemand net zo belangrijk als praten. Het werd licht, de natuur werd wakker en wij hadden nog helemaal niet geslapen. Het was de nacht van vrijdag op zaterdag, ik had nooit meegemaakt hoe een stad wakker werd. De marktmensen kwamen hun kraampjes opbouwen en binnen een halfuur stond het plein vol groentekraampjes, kramen met knopen en broodjes, een viskraam, een loempiatentje. De zon kwam op, ik voelde geen warmte, ik had het heel koud.

'Dat komt doordat je niet geslapen hebt,' zei hij. 'Wanneer je slaapt dan vernieuwen je cellen zich en dan zijn ze weer geladen voor de volgende dag, maar nu zijn ze op en dan krijg je dit.'

'Ga je mee naar de Turkse bakker?' vroeg ik hem. Op de Botermarkt was de lekkerste bakker van Nederland. Daar maakten ze Turks brood, *pide*, zelfs nog lekkerder dan in Turkije. We liepen naar de bakker, hij was nog niet open maar ze waren aan het bakken, dat kon je buiten ruiken. Alleen al van die geur kwijlde ik. Ik tikte op het raam en toen de bakker opendeed vroeg ik of we een warm brood mochten kopen. We aten het samen op een bankje op. Het werd tijd voor afscheid, ik wilde naar huis, slapen, maar vooral douchen.

Hij liep met mij mee naar mijn huis. Ik vroeg hem niet mee naar binnen, omdat ik een gehorig huis had en niet wilde dat mijn buren om half zeven op een uitslaapochtend wakker zouden worden van mij. Bovendien wilde ik geen dingen doen waar de tijd nog lang niet rijp voor was. Ik zei: 'Als je hier wacht dan bel ik een taxi.'

Zijn taxi kwam, we namen afscheid zonder elkaars telefoonnummer te vragen. Het voelde goed, we zouden elkaar de volgende dag in het café weer ontmoeten.

De volgende dag gingen we eten in een Argentijns restaurant. We hadden een goed gesprek en veel lol.

Die avond hebben we gezoend, ik voelde zijn sterke rug en armen, een omarming waar ik heimwee naar had. Heimwee, het gemis van thuis. Ik miste mijn huis, het huis van mama, de liefde, haar knuffel, haar genegenheid. Van dit soort momenten genoot ik intens.

Hij was een grappige, stoere maar een uiterst gevoelige man, dat kon ik merken. Hij was een gangmaker, maar hij had iets raadselachtigs. De mensen die zich het vrolijkst voordoen hebben vaak juist een verdriet te verbergen, dat weet ik van mezelf.

Wanneer ik hem iets vroeg over zijn verleden zei hij: 'Ik wil niets weten over jouw verleden, dus vraag ook niet naar het mijne.'

We gingen al een maand samen, en eigenlijk wist ik nog steeds niet veel over hem, alleen dat hij werkte in de spoelkeuken van een restaurant.

Hoe meer ik hem vroeg hoe meer afstand er tussen ons kwam. Ik vroeg hem een keer of het afwassen hem niet verveelde, hij was intelligent en kon veel meer doen met zijn leven. Hij was eigenlijk accountant maar hij hij wilde geen slaaf worden van werk.

'Maar denk je dan niet aan zekerheid in de toekomst, misschien een huis kopen?'

Hij keek boos, zei: 'Mens, wat vraag je toch veel,' en liep weg.

Die avond belde hij, hij huilde: 'Ik heb een fles cognac op om je dit te vertellen. Ik heb geen toekomst, want ik heb kanker, longkanker, ik heb hooguit nog een jaar te leven.' Ik wist niet wat ik moest zeggen. 'Zal ik naar je toe komen,' vroeg ik met een bibberende stem.

'Nee, ik wil je niet meer zien, je hebt je moeder al verloren en ik wil niet dat je weer een verlies meemaakt, we moeten stoppen, en hou dit voor je, anders doe ik je wat.'

Aron was vastbesloten, het was over, voorbij, hij wilde met rust gelaten worden.

Ik heb alles gedaan om hem te bereiken, elke dag een kaart gestuurd, gebeld, brieven, niets werd beantwoord.

Dit duurde drie weken. Aron begon een obsessie voor me te worden. Als hij mij niet had gewild omdat hij mij niet leuk genoeg vond, had ik hem los kunnen laten, maar om zijn ziekte wilde ik niet stoppen met de relatie. Dat was toch liefde, in gezonde maar ook ongezonde tijden.

Op een avond voelde ik me heel sterk, ik pakte een fles champagne uit de kast en fietste naar Aron, het was tien uur.

Ik belde aan en hij deed open. Ik mocht naar binnen. Hij zat televisie te kijken. Hij vroeg: 'Wat kom je hier eigenlijk doen?' Ik vertelde dat ik hem wilde zien, voelen en spreken. Hij liet merken dat er weinig te bepraten viel en zei dat hij ging douchen, hij liep naar de badkamer.

Ik kleedde me uit en ging ook onder de douche staan, hij stapte uit de douche. Ik stapte ook uit de douche. Hij ging in bed liggen, ik deed een short en een T-shirt van hem aan en ging naast hem liggen. Ik leek wel een hond die achter hem aan liep. Ik lag naast hem, hij was naakt. Het gekke was, hij had me nog nooit naakt gezien, ik hem ook niet, onder de douche was de eerste keer. Nu lagen we naast elkaar en hij keek naar het plafond, hij liet mij duidelijk merken dat alles tevergeefs was.

Ik kroop tegen hem aan en zei: 'Laat je toch gaan, geniet van het moment dat je leeft.'

'Ooh, ja, moet ik van mevrouw allesbeterweter genieten van het leven, van het leven dat binnenkort stopt!' Hij gilde het uit en trok met geweld de short uit, trok het T-shirt omhoog, en duwde zichzelf in mij. Het ging zo snel, dat ik nauwelijks wist wat er allemaal gebeurde. Ik liet het ook maar gebeuren, want ik vond het goed dat hij zich eindelijk uitte. Ik zei dat ik niet aan de pil was en hij trok zich terug. Hij kwam niet klaar.

Ik vree voor het eerst met hem, maar het was geen vrijen, het was woede, onmacht.

Hij ging naast me liggen en zei: 'Zo, heb je nu je zin, rot nou maar gauw op.'

Nooit had ik me zo vernederd gevoeld, waarom pikte ik dit? Omdat ik dacht dat hij dit deed om zichzelf te laten vergeten dat hij nog kort te leven had? Ik ging weg, maar het gevoel dat ik voelde was verschrikkelijk, tijdens mijn zoektocht naar de liefde was ik verdwaald, ik wist niet waar de weg waar ik op liep heen zou leiden. Was mama er maar, dan kon ik het haar vragen.

Ik heb nog een maand als een hond achter hem aan gerend, maar niets lukte, uiteindelijk heb ik het laten gaan. Dit was zijn keuze en ieder is vrij om te bepalen hoe hij of zij wil sterven.

Nooit meer gezien tot de zomer van 2000. Hij leeft nog. Ik weet niet of ik er blij om moet zijn!

82

Ik zeg: Waarom bestaat er haat?

Zij zegt: Opdat je de liefde ziet.
Je weet pas wat vrijheid is
als je de gevangenis kent.
Zo ook de liefde.
Je weet wat liefde is
als je haat hebt gevoeld.

Ze is zo wijs, zó wijs.

Als je wijzer wordt van de waarheid,
is de waarheid nooit erg, nooit.

Ik zeg: Mijn vriendin heeft gezegd
dat ik dom ben.
Is dat zo?

Zij zegt: Dat je het mij vraagt,
is misschien dom.
Je weet zelf toch het beste
wie je bent en wat je bent.
Dat weet je
en daaraan moet je altijd blijven denken, altijd.
Eigenwaarde is een van de belangrijkste waarden.

Niemand kan daaraan komen.
Dat is alleen van jou.

Soms denk ik weleens: Misschien is de waarheid alleen
maar een woord,
een woord zoals eigenwaarde.

Eigenwaarde is een mooi woord
als je eigenwaarde hebt
maar wat heb ik alleen aan het woord??

83

Ik had altijd één ding beweerd: hoeveel liefdes ook de revue zouden passeren, hoeveel mannen ik ook zou ontmoeten, ik zou geen affaire met een getrouwde man beginnen. Ik was er zeker van. Ik minachtte meisjes en vrouwen die iets met een getrouwde man hadden. Ik geloofde in principes, grenzen. Dat waren je steunpilaren in het leven.

Mijn vader zei altijd: principes zijn er om mee te breken, en mijn moeder zei: de waardigheid van een mens wordt bepaald door zijn principes.

Deze tweestrijd zat in mijn genen, maar ik probeerde altijd te kiezen voor wat mijn moeder zei.

Je moest soms als mens gewoon je verstand gebruiken en niet alleen je emotie.

Uiteindelijk bleek dat mijn emoties en lusten mijn verstand overwonnen.

Dat heb ik tijdens een zomer in Turkije bewezen, toen ik bij mijn vader en diens vrouw logeerde.

Ik zat te schrijven aan het strand, ik keek naar de zee, in de verte zag ik een surfer. Het was een zonnige, warme dag, er stond veel wind en er waren hoge golven.

Een jongeman kwam naar me toe.

'Ik zie u al paar dagen hier schrijven, bent u hier voor werk of vakantie?'

Finike is een klein schiereiland zonder veel toeristen, dus je viel als vreemde gauw op.

'Ik ben op vakantie. Ik schrijf wel, maar dat is niet mijn werk. Wel mijn droom, ik hoop ooit een boek te schrijven,' zei ik lachend.

'Komt u uit het buitenland?' vroeg hij.

Dit was heel raar, ik was geboren in Turkije, zag er Turks uit, sprak zeer goed Turks.

'Hoezo?' vroeg ik.

'U lijkt niet op iemand die in Turkije woont,' zei hij. Dat ze in Nederland zagen dat ik een buitenlander was, dat begreep ik, maar in mijn geboorteland Turkije, dat sloeg alles.

'Hoe komt u daarbij?' vroeg ik lacherig.

'Nou, u bent zo vrij en open, de meeste Turkse vrouwen hier zijn niet zo open als u.'

Zou ik dan zo vernederlandst zijn? Nee, dat kon ik me niet voorstellen, ik was van nature gewoon heel open tegen iedereen, altijd al geweest, ook als kind.

'En hebt u ook vakantie?' vroeg ik.

'Nee, eigenlijk ben ik nu ook een beetje aan het werk, ik zorg ervoor dat hij een goed leven heeft.' Hij wees naar de surfer.

Ik keek vragend.

'Ik ben zijn accountant.'

De surfer kwam uit de zee en liep naar ons toe. Hij gaf

mij een natte hand.

'Onur,' zei hij.

Het eerste moment, die blik, zijn ogen. Ik voelde een sterke aantrekkingskracht. Die middag gingen we naar zijn ranch, er werd een lunch klaargemaakt door zijn dienstmeisjes.

Ik had nog nooit zo'n mooie ranch gezien. Hij lag midden tussen de olijfbomen, ze hadden duizenden hectares. Hij vertelde dat hij een olijfoliefabrikant was, en zijn grootste liefde was Olijfje.

Hij stelde me voor aan haar. Olijfje was inderdaad prachtig, echt om verliefd op te worden, een schitterend paard, roetzwart met een paarse gloed.

'Weet je wat leuk is aan haar, ze luistert en luistert en zeurt nooit aan mijn kop.'

'Daarom is het ook een paard,' zei ik.

Hij lachte mee.

We liepen tussen de olijfbomen.

'Ik voel dat ik leef,' zei ik, zomaar uit het niets. Waarom ik het zei deed er niet toe, ik voelde het echt zo.

Hij pakte mijn hand en kuste mijn handpalm.

Ik was nu echt verliefd geworden op een getrouwde man, want dat was hij, hij had me ook de paarden van zijn vrouw en kinderen laten zien.

Misschien werd ik wel te snel verliefd in mijn zoektocht naar liefde?

Getrouwd!

Wat nu? Hij was het huwelijk aangegaan omdat zijn vader een rijke man was, die wilde dat zijn zoon met een dochter van een rijke zakenman zou trouwen. Hij had een goede kennis en diens dochter vond hij zeer geschikt voor zijn zoon. En zo is hij getrouwd. In het begin hield hij van haar, ze kregen een zoon. Maar algauw bleek dat ze geen zielsverwanten waren, en het huwelijk werd een sleur. Al negen jaar waren ze samen, maar meer dan een zoon, een grote ranch en drie paarden deelden ze niet. Er was zelfs geen respect meer in hun huwelijk.

Ik was verdwaald in mijn eigen liefde, alweer. Ik zei tegen mezelf: dit is een zomerliefde, heb geen hoop voor de toekomst. Zijn vrouw was naar Spanje gegaan om de zomer daar door te brengen met hun zoontje van zes, maar na de zomer kwam ze weer terug. Door dit huwelijk hadden twee rijke zakenmannen hun fabrieken gefuseerd, een scheiding zou er nooit inzitten, dat was duidelijk.

De dag na de lunch hadden we afgesproken dat we zouden gaan zeilen. Hij zou mij afhalen op hetzelfde strand. Op de boot was niemand aanwezig, geen accountant, geen matroos en geen bediening. Alleen hij en ik.

Zomer '92 beloofde een mooie zomer te worden. Ik gooide al mijn principes overboord en zoende met hem, zoende met hem en zoende met hem. Eigenlijk vanaf de eerste minuten op de boot tot de laatste seconden. We gingen niet verder dan zoenen.

Voor het eerst had ik een relatie waarbij ik aan het begin het einde al kende. Ik zou niet teleurgesteld worden, want ik had geen verwachtingen. Het zou één zomer duren.

Maar het duurde nog korter dan een zomer, zijn vrouw kwam eerder terug. Ik ontmoette haar op het strand. Hij stelde mij natuurlijk aan haar voor als een gewone kennis, een meisje uit Nederland dat hier op vakantie was bij haar vader en elke dag op het strand schreef. Een goed verhaal. Maar ze zag er slim uit, ik denk dat ze het meteen in de gaten had. Ze deed zeer haar best om bevriend met mij te raken. 'Kom je vanavond bij ons eten?' vroeg ze. Ik zei natuurlijk nee, want dan zou ik mij ook rot voelen. Ze drong aan, en ik zag dat Onur ja knikte. Ik zei maar ja.

Die avond ging ik naar hen toe, ze had zelf gekookt! Ze liet mij de foto van hun zoon zien en hun trouwfoto's. Het was niet alleen een slimme maar ook een sluwe vrouw. Zo wist ze haar man te raken, doen alsof ze te goeder trouw is en mij aardig vond, zodat haar man zich schuldig zou voelen. En ze zorgde er ook voor dat ik mij intens slecht voelde. Ze was lief en de foto's gaven een beeld van een gelukkig gezin. Ik was de stoorzender. Dit was een vreselijk gevoel. Ik wilde weg, en nooit meer in zo'n situatie belanden.

Toen ik die avond thuiskwam, stond de vrouw van mijn vader mij op te wachten.

'Luister eens jongedame, je bent hier nu al zeventien dagen en je voert niets uit, behalve de hele dag op het strand zitten en 's avonds op het terras, en nu ga je ook nog eens uit, dit is geen hotel, ik vind dat het tijd wordt dat je vertrekt!'

Sinds ik hier was, was ik niet één avond uit geweest om te voorkomen dat ze dit zou zeggen. Dit was de eerste keer geweest. En wat moest ik thuis doen, er waren dienstmeisjes en een kok?

Mijn vader zat op het terras, hij had gehoord wat ze zei.

Dit was de eerste keer dat ik bij mijn vader was komen logeren. Het voelde helemaal niet zoals het bij mijn moeder was, het thuisgevoel, maar ik had de illusie gehad dat ik bij mijn vader in ieder geval welkom zou zijn.

Maar dat was niet zo. Ik vroeg: ‘Papa, denk jij er ook zo over?’

‘Als zij het zo wil, kan ik er weinig aan doen,’ zei hij, met tranen in de ogen.

De cirkel was rond. Mijn vader boette voor alles wat hij mijn moeder had aangedaan, hij was een slaaf geworden van zijn nieuwe vrouw, haar wil was nu wet.

Het was misschien ook tijd om te vertrekken. Onur hoefde ik nooit meer te zien, nu ik zijn vrouw had ontmoet. Ze moesten er maar samen uitkomen. Mijn moeder zou niet rusten in haar graf als ik zo gemeen was.

Ik ging naar bed. ’s Morgens vroeg, voor het ontbijt, gaf ik mijn vader een kus en nam afscheid van zijn huis, mijn vaderlijk huis, waar ik niet welkom was.

Ik ben nooit meer naar het huis van mijn vader gegaan.

Wel ben ik nog vier keer naar het ziekenhuis gegaan, telkens had hij een hartinfarct. Ja, al voordat ik kwam, niet omdat ik kwam. Mijn vriend bewonderde mij, dat ik toch naar hem toe ging terwijl hij mij zo in de steek had gelaten. Maar de waarheid was dat ik niet ging voor mijn vader maar uit egoïstische overwegingen. Ik wilde me niet schuldig voelen als hij dood was, ik wilde niet achteraf denken: had ik maar...

Ik wilde in ieder geval tegen mezelf kunnen zeggen: hij is geen goede vader geweest, maar ik heb mijn dochterplicht volbracht.

Telkens als ik aankwam, zei hij: ‘Ik ben weer niet dood.’

Dat zei hij tegen mij, dat hoorde ik, maar ik hoorde ook nog steeds ‘Jij zult nooit iets worden’.

De laatste keer dat ik hem heb gezien was zomer ’98.

Dit keer zag het er erger uit dan de voorafgaande keren. Hij was vel over been en had overal donkerblauwe en groene plekken.

Dit is het definitieve afscheid, dacht ik. Ik zei: 'Papa, bedankt dat je mijn vader was.'

Hij begon te huilen en zei: 'Nee, je hoeft mij niet te bedanken, ik ben geen goede vader voor je geweest. Ik moet jou bedanken voor het zijn van een goede dochter. Weet dat ik trots op je ben, hoe je het gered hebt in je leven, je bent meer geworden dan ik ooit had gehoopt.'

Hier had ik al die jaren op gewacht, deze woorden. Maar het gaf me geen voldoening. Ik wilde dat hij trots op me was en dat voelde goed, maar ik vond het akelig dat hij wist dat hij als vader niet veel voor me gedaan had. Nu zou hij met pijn de wereld verlaten. 'Wat je zaait dat oogst je,' had mama gezegd, het was logisch, maar toch vond ik het niet leuk dat hij de waarheid wist en daardoor pijn voelde.

Ik gaf hem een kus en verliet het ziekenhuis.

Hij is niet doodgegaan. Nadat hij uit het ziekenhuis kwam heeft hij mij nooit meer gebeld. Het leek toen alsof hij voor God een verzoening wilde, maar hij heeft geen poging gedaan om het weer goed te maken. Ach, misschien kan je de verloren jaren ook niet meer inhalen.

Het is makkelijker om te zeggen dat je vader dood is dan dat je moet vertellen dat hij wel leeft maar dat je geen contact met hem hebt.

Toch had ik mooi afscheid van hem genomen.

84

Ik ontmoette meneer David in de tram in Amsterdam. Hij was een wat oudere man. Ik was naast hem gaan zitten. Ik zag hem schrijven in een klein notitieboekje.

'Ik heb hetzelfde boekje, van de Hema toch?'

'Ja,' zei hij lachend.

Dat vind ik zo'n fantastisch concept, een winkel waar je je brood, beleg maar ook allerlei huishoudelijke artikelen en kantoorartikelen kon kopen, alles bij elkaar.

'Bent u schrijver?' vroeg ik aan hem.

'Ja,' zei hij, 'niet een bekende, maar ik ben een schrijver.'

'Maar u schrijft niet in het Nederlands.'

Hij keek verbaasd van mij naar zijn schriftje. Ik had stiekem proberen te lezen wat hij schreef, en zag dat het niet Nederlands was, het was Spaans of Portugees.

'Italiaans,' zei hij. 'Ik schrijf voornamelijk Italiaans en later vertaal ik het in het Nederlands.'

'Wat apart, waarom schrijft u niet meteen Nederlands?'

'Mijn emoties onder woorden brengen gaat het snelst in het Italiaans, vandaar.'

Hij zag er zo mooi uit, hij had een oud gezicht, maar het leek wel alsof er honing van zijn gezicht drupte. Zo zoet zag hij eruit. Hij had zwarte kleine kraaloogjes en kort bruin haar. Hij was niet heel lang, had geen mooi figuur, was zelfs wat iel.

'Wat is uw beroep?' vroeg hij.

Dat vond ik een moeilijke vraag. Officieel zat ik op school, maar ik was ook een cabaretduo begonnen met een vriendin, 'Turkish delight'. In mijn verwoede pogingen iets te worden was ik van de ene naar de andere studie gesprongen: medicijnen, rechten, sociologie, psychologie. Uiteindelijk voelde ik me op de heao nog het meest thuis. Een docent zei op een dag tegen mij: 'Waarom doe je geen kleinkunst? Je beeldt alles zo spelenderwijs uit.'

Ik was beledigd. Toch zette dit me aan het denken. Ik ging als hobby bij het Haarlems Toneel. Dat heb ik twee weken volgehouden, toen ben ik gestopt. Het raakte mijn ziel niet. Ik ben bij een toneelgroep in Amsterdam gegaan, een Turks gezelschap dat twaalf leden had. Een vriendin en ik kregen alle hoofdrollen. Met haar ben ik dat duo begonnen.

In het begin traden we op bij bedrijven, op scholen en in gemeentehuizen. Onze sketches gingen over vooroordelen. We hadden bagage genoeg. Turkish delight begon als hobby. Later werd de studie een hobby. Mijn leraar had gelijk gekregen.

De tram stopte bij het Spui in Amsterdam. Het was de halte waar ik moest uitstappen. Toevallig moest hij er ook daar uit. Hij had een lunchafspraak met een kennis van hem en ik met mijn vriendin. Het werd met de minuten toevalliger, hij had in hetzelfde café afgesproken als ik. We liepen er samen naartoe. Mijn vriendin was er al. Ik vertelde haar wie de man was met wie ik naar binnen kwam. Algauw kwamen de twee heren vragen of ze mochten aanschuiven. Mijn vriendin keek naar mij, alsof ze het aan mij overliet, en ik wilde heel graag.

Meneer David schatte ik op een jaar of vijftig. Ik was vijfentwintig, dus hij had zo mijn vader kunnen zijn. Maar ik voelde geen vaderprikkels, het waren meer genegenheidsprikkels.

We waren leuk met elkaar aan het praten en vooral aan het lachen. Meneer David kwijlde een beetje, en dat zei hij ook. 'Als ik een borrel op heb dan gaat mijn speeksel een beetje lopen langs mijn lippen.' Normaliter zou ik dat echt vies vinden, maar het sierde hem, zo nu en dan langs zijn lippen vegen. 'U kwijlt toch niet door de aanwezigheid van twee jongedames,' vroeg ik hem. Hij lachte hard.

Hij liep naar het toilet en kwam in een minuut weer terug. Ik zei: 'Volgens mij hebt u uw handen niet gewassen, u kwam zo snel terug, ik vind het maar vies.'

Hij moest er weer hard om lachen. Wat ik ook zei, het werkte bij hem op zijn lachspieren. Het klikte tussen ons, dat was duidelijk. We vertrokken met een lach.

De volgende ochtend om zeven uur ging de telefoon. Het was meneer David, die zei: 'Ik ga zo naar Brussel, heb je iets nodig uit Brussel?' Het was heel vroeg en een vreemde man vroeg mij of ik iets uit Brussel wilde.

'Doet u maar een doosje Leonidas-bonbons, maar dan die met cointreau.'

'Goed, ik neem het mee, vanmiddag ben ik weer terug. Zullen we dan een uurtje of vijf wat afspreken om te eten?'

'Is goed, komt u dan naar Haarlem, kunnen we in een klein café wat eten.'

Ik hing op en was zielsgelukkig, ik had de hele nacht aan meneer David gedacht, hoe bijzonder hij was.

Ik heb de rest van de dag aan mezelf getutteld, ben niet naar school gegaan. Mijn nagels, haren, kleding, make-up, alles moest perfect zijn.

Om vijf uur zat ik in het café op hem te wachten. Hij was precies op tijd. Hij had geen rijbewijs, dus deed alles met de trein, daarom kon hij nooit te laat komen had hij gezegd. Het was zo'n aparte man. Hij vroeg alles wat hij dacht en zei alles wat hij dacht. Dat durfde ik alleen met schrijven.

Hij had bonbons voor me meegenomen maar geen cointreaubonbons, want die bestonden niet volgens de bonbonjuf. Ze bestonden wel, maar niet in België. 'Leonidas komt uit België,' zei hij. Ik had ook een cadeau voor hem. Sinds het moment dat ik hem had ontmoet krioelde het van prikkels in mijn lichaam. Het verliefde gevoel in mij leefde weer, ik wilde iets voor hem kopen wat leefde. Ik kocht een visje, een Black Molly. In tegenstelling tot hem was het visje dik, maar het deed me wel aan David denken met zijn donkere ogen.

Ik haalde het zakje met water uit mijn tas en hij keek er verbijsterd naar. 'Wat is dat?' vroeg hij.

'Een vis, ik wilde je iets geven wat leefde, net zoals mijn gevoel voor jou leeft.' Ik had hem gisteren pas ontmoet, misschien was dit allemaal te snel, maar zo voelde het echt.

Hij was verbaasd. 'Nog nooit heeft iemand mij een vis gegeven als cadeau.'

'Ik geef het jou als symbool voor het gevoel dat bij mij leeft, en verder is het aan jou,' zei ik.

'Weet je wat, laten we het samen in de gracht gooien, dan blijft het voor altijd in vrijheid leven.'

'Maar dat is een illusie,' zei ik.

'Het hele leven is toch een illusie,' zei hij. We liepen naar het Spaarne en we gooiden Black Molly in het water, met de illusie dat ze daar altijd zou voortleven.

Mijn relatie met David bleek ook een illusie. Hij was echt verliefd op mij geworden en ik ook op hem, maar hij had al vier jaar een vriendin, ze woonden niet samen maar ze was wel zijn vaste haven. We hadden in twee weken tijd elkaar elke dag gezien, en minstens vier keer op een dag gebeld, en één keer gezoend. Ik was echt verliefd, ik nam het niet eens serieus dat hij een vriendin had. Ze woonden niet samen, hij wilde nooit met haar trouwen, dat kon toch geen echte liefde zijn, had ik mezelf wijsgemaakt.

Maar hij liet vaak vallen dat hij echt van haar hield, en dat zij ook schrijver was en hij was echt een bewonderaar van haar, nee, zonder twijfel, zij was bijzonder.

Toch was hij wel verliefd op mij. Hij had geen enkele poging gedaan om met mij te vrijen of wat dan ook, we hadden een keer gezoend en geknuffeld en voor de rest was het platonisch.

Ik heb hem zelfs een keer gevraagd: 'Verlang je niet naar mij?'

'Jawel, maar als ik met jou zou vrijen zouden de gevolgen catostrofaal zijn.'

'Voor jou of voor mij?' vroeg ik.

'Voor mij,' zei hij zuchtend.

'Waarom dan?' vroeg ik.

'Dat vertel ik je nog wel.'

Verliefdheid is niets anders dan afhankelijk zijn van je gevoel. Dat was ik.

Het was herfst toen ik hem ontmoette, het seizoen waar ik het meest van hield. Ik noemde hem mijn honingbijtje, omdat zijn gezicht er zo zoet als honing uitzag.

Ik stuurde hem elke dag een kaart. We spraken elke dag af om elkaar te ontmoeten. Ik kreeg altijd een cadeautje van hem. Hij vond mij een Chanel-meisje, dus nam hij steeds iets mee van Chanel. Hij vroeg een keer: 'Mag ik oogschaduw voor je kopen?' Ja dat mocht hij. David kocht een grote Chanel-doos vol oogschaduw, die hij had laten samenstellen uit kleuren die hij mij mooi vond staan.

Cadeaus, dat was wat liefde een extra dimensie gaf naast woorden en blikken. Cadeaus waren het toetje. Ik ontving ze graag en gaf ze even lief. Het was een teken van gulheid en creativiteit.

Het was Sinterklaas, ik had een gedicht voor hem geschreven:

Er was eens een honingbijtje dat zoemde van het ene bloempje naar het andere. Ieder bloempje was anders.
De kleur, geur, lengte, breedte, kracht, smaak van het stuifmeel
Nee... geen enkel bloempje was hetzelfde
Dat maakte het juist zo spannend
Na jaren rondgezoemd te hebben werd het honingbijtje wel een beetje moe
Hij heeft vaak geprobeerd om langer bij een bloempje te blijven dan één dag, één nacht, één seizoen.
Maar honingbijtjes zoeken altijd naar spanning
Soms hun hele leven lang
Ze blijven zoeken
Het werd herfst
Op een dag
Zag dit honingbijtje een klein knopje onder de bladeren
Hij zoemde eromheen
Maar durfde er nog niet in te duiken
Want het was nog maar een knopje
En het knopje moest de winter overleven

Wilde het uitkomen
Het honingbijtje bleef om dit knopje heen zoemen
Want het was wel een heel apart knopje
Het knopje genoot van de aanwezigheid van het honingbijtje
Zijn gezoem om haar heen klinkt als een melodie
Zijn blikken proeft ze als een extra duw voor haar bloei
Zijn aanwezigheid geeft haar kracht
Om nog sterker te zijn, deze winter te overleven

Het knopje deed haar uiterste best om dit honingbijtje bij zich te houden
Het honinbijtje had ook zijn angsten door het ongeduld en verlangen van dit knopje
En wat moest hij doen met zijn krachtige, mooie, bestaande gebloem uit de tuin der literatuur
En kon het vermoeide honingbijtje dit nieuwgeboren bloempje vol energie wel aan
Het honingbijtje weet niet dat het knopje nu al moe is van het leven overleven
Dat dit knopje als bloempje alleen maar rust wil en geen gezeur van al die andere honingbijtjes
Die heeft ze al genoeg horen zoemen om haar hoofd
Het honingbijtje weet ook niet dat dit knopje als bloempje al haar liefde, stuifmeel en kracht aan dit honingbijtje wil schenken, zodat de honing van dit honingbijtje zoeter dan zoet zal zijn
Het werd winter
Het knopje heeft ook haar angsten
Bang dat dit honingbijtje de spanning al kwijtraakt

Het honingbijtje moet wel opschieten met zijn keus
Want het is een lentebloempje!

Ik kocht een honingpot met bijtjes erop, vulde hem met honing, deed hem in een jute zak, sloot hem met een strikje met daaraan vastgebonden het gedicht en een tak met een knopje dat nog uit moest komen.

Ik liet het geheel bezorgen.

Zijn vriendin had de deur opengedaan en het pakje aangenomen. Ze had het gedicht gelezen en ze kregen ruzie.

De volgende dag gingen we weer samen lunchen. Hij vertelde dat zijn vriendin erg boos was geweest en dat ik dit soort dingen maar niet meer moest doen.

'Ik wil niet voorzichtig maar onstuimig van je houden,' zei ik.

Hij vroeg: 'Waarom hou je eigenlijk van mij, ik ben te oud voor jou, ik had je vader wel kunnen zijn.'

'Geloof mij maar, dat had je niet kunnen zijn,' zei ik.

'Ik weet wat je in mij ziet, je ziet je moeder in mij.'

Het voelde alsof er een bliksem door me heen ging. Het klopte, ik zag mijn moeder in hem. Zijn aandacht, liefde, begrip, genegenheid en vooral wijsheid.

Ik knikte. Hij vond het goed zo!

Ondertussen stuurde ik hem voor iedere week dat ik hem kende letters, van die houten letters die je op de deuren van een babykamer plakt. De letters bij elkaar vormden de zin: 'Honeybee, marry me.'

De eerste letter die hij kreeg was de E.

Hij belde en zei: 'Ik weet hoe de zin luidt.'

Het was haast onmogelijk, maar ik vroeg het toch maar, wat dan?

'Jij bent de heiland van mijn hart.'

Dit was zijn humor, hij maakte me altijd aan het lachen.

Ik kreeg een kaart van hem met een gedichtje:

Het seizoen is
naar jou gekeerd
De datum is jij
Het is kwart
over jou
De rest van mijn
leven
Dat ben jij

Een maand later is hij gestorven aan de gevolgen van een auto-ongeluk in Toscane.

Ik had nog veel letters over.

Liefde is een cadeau, je moet ervan genieten wanneer het komt.

85

Het was bijna moederdag, ik winkelde met mama en ze zag schoenen in een etalage, ze vond ze mooi. We gingen naar binnen. Het eerste wat mama deed was kijken naar de prijs van de schoenen. Ze kostten *f* 269,–, dat waren veel garnalen.

We verlieten de winkel.

Mama had niets gezegd.

Ik wilde met moederdag die schoenen aan mama geven, maar hoe ik ook rekende, al zou ik van iedere vriendin tien gulden lenen, dan kwam ik nog niet aan het bedrag. Zoveel vriendinnen had ik niet. Ik vroeg het aan papa, en die vond ze veel te duur, terwijl hij soms zo'n bedrag alleen al voor een zijden stropdas betaalde.

Er was maar één oplossing.

Ik ging naar de winkel, liep heel koel naar binnen, toen het echt druk was, liep naar de schoen, één stond op de doos, de andere maten stonden op elkaar gestapeld. Ik pakte de doos met maat 36, haalde het paar uit de doos, stopte het onder mijn oksels in mijn Michelinjas en liep weer de winkel uit. Het leek koel, maar ondertussen bestierf ik het. Ik trilde op mijn benen, zelfs mijn neusvleugels trilden mee. Het ging wel erg gemakkelijk, ik had nooit geweten dat stelen zo makkelijk was.

Ik pakte de schoenen mooi in en gaf ze met moederdag aan mama.

Ze kreeg tranen in haar ogen, ze was blij. Ze gaf me een knuffel en kuste de hand van mijn vader, wat ik niet echt nodig vond.

Die nacht werd ik wakker gemaakt. Mijn vader en moeder stonden naast mijn bed. Mama zei: 'Nil, ik wil nu weten hoe je aan het geld komt voor de schoenen.' Ze hadden met elkaar gepraat, en papa had verteld dat het geld niet van hem afkomstig was.

Ik heb het maar eerlijk verteld.

Mama zei: 'Ik weet niet hoe je het gaat doen, maar morgenochtendvroeg breng je de schoenen terug.'

De daad terugdraaien was een stuk moeilijker.

De hele nacht heb ik nagedacht over hoe ik het zou aanpakken. Gewoon eerlijk vertellen aan de verkoopster was misschien wel de beste oplossing.

Ik liep naar de winkel. Ik had de schoenen weer onder mijn oksels in mijn jas verstopt. Zwetend en trillend kwam ik de winkel binnen, liep door naar achteren, legde de schoenen op een willekeurig rek en liep weer de winkel uit. Het duurde maar een paar minuten, maar het leek wel een hel van eeuwigheid. Het stelen had als een overwinning gevoeld, maar het terugleggen voelde als een vernedering. Thuis moest ik mama beloven en zweren nooit meer de wet, waarden, normen en principes te overtreden om haar of ieder die ik liefhad te plezieren, en ook niet voor eigen plezier. En dat heb ik gedaan.

86

Ik was in Londen, met mijn nieuwe vriend, Peter, hij was negenenveertig jaar en ik drieentwintig, ik voelde geen leeftijdsverschil, ik zag het wel maar voelde het niet, sterker nog, ik leek geestelijk volwassener dan hij.

Peter had vele werknemers onder zich, wel duizenden. Hij was gewend mensen te commanderen en zijn zin te krijgen.

Toen ik hem ontmoette was ik vlot en bijdehand. Maar toen ik intens verliefd op hem werd, veranderde ik in een gevoelig lief meisje, waardoor hij zich de baas voelde. Ik liet dat toe en toen was ik ook niet echt interessant meer. Maar hij ook niet meer voor mij.

Mijn mooiste herinnering aan deze relatie gaat niet eens over hem. Elk weekend ging ik naar Londen. We dineerden in de mooiste, duurste maar vooral ook beste restaurants. Daarna gingen we naar de Opera. Zo'n weekend kostte mij algauw duizend gulden. Ik wilde niet dat hij mijn tickets betaalde, want ik wilde nooit de illusie wekken dat ik financieel afhankelijk was, dat had ik van mijn moeder geleerd.

Ik leende geld van vrienden, vriendinnen, de bank; mijn schulden stapelden zich hoog op, ik had geen idee hoe ik daar ooit uit zou komen, maar ik wilde er niet aan denken. Ik wilde alleen genieten van de mooie weekenden, wanneer ik mezelf een prinsesje voelde.

Er kwam snel een einde aan het sprookje.

De relatie van drie maanden heeft me veel geld gekost, maar een waardevolle herinnering opgeleverd die niet in geld uit te drukken is.

Ik ontmoette Omar Sharif.

We aten in San Lorenzo, een restaurant in Londen waar alleen sterren of hele populaire rijke mensen komen. Een restaurant waarin ik alleen nooit zou worden toegelaten.

Ik zat met Peter te eten en ik zag opeens dat Omar Sharif achter hem zat. Ik wist niet wat ik zag. Ik zei: 'Peter, dit geloof je nooit, maar achter jou zit Omar Sharif.'

'Jawel hoor, ik geloof je, achter jou zit Sean Connery, en niet meteen omdraaien.' Maar het was een reflex, als iemand zegt achter jou zit, dan kijk ik automatisch om. Het was hem echt. Ik keek om me heen en zag drie tafels verder Eric Clapton zitten.

Nu was het prinsesjesgevoel compleet, ik had het idee alsof ik auditie had gedaan voor Hollywood en nog was geslaagd ook.

Ik was het meest gecharmeerd van Omar Sharif, die man was tegen de zestig en nog steeds had hij die liefdevolle, mysterieuze ogen. Het mooiste was nog dat zijn ogen naar mij keken. Ik keek om me heen en maakte een gebaar naar hem, of hij naar mij keek. Hij knikte. Ik zei tegen Peter: ‘Geloof het of niet, maar meneer Sharif is met mij aan het flirten.’ Hij nam een lepel soep en zei nonchalant: ‘Ik geloof je.’ Hij geloofde me niet.

Maar het was echt heel bijzonder, ik had niet zomaar oogcontact met hem. Hij lachte naar me en bleef me in het vizier houden.

Ik stond op en liep naar hem toe, terwijl hij naar me bleef kijken.

Ik kon het niet laten.

Toen ik voor hem stond zei ik: ‘Ik adoreer u sinds ik een kind was’, een hele foute opmerking, want als ik het heb over een kind dan is hij een fossiel.

Inmiddels stond Peter ook naast mij, hij geneerde zich voor zijn vriendin die zich als een groupie gedroeg, wat niet hoorde in San Lorenzo, de sterren konden zich hier juist op hun gemak voelen doordat gewone mensen zoals ik er niet kwamen. Peter keek zelfs naar de obers en knikte met een glimlach, zo van: het is goed zo, we kennen Omar.

Maar dit waren alleen zijn gevoelens, want Omar Sharif voelde wat anders.

Hij stond op, pakte mijn hand, en kuste die en zei: ‘You are beautiful.’

Dit was het mooiste cadeautje dat ik ooit had gehad. Ik pakte mijn hand en zei: ‘I will never ever wash it anymore.’ Hij en zijn tafelgenoten moesten lachen, en Peter ook, maar hij lachte uit ongemak, de sul.

Ik draaide me om en ging weer naar mijn plek, Peter liep met me mee.

Peter was een Zwitser. Zwitsers zijn rijke boeren, Peter woonde wel in Londen maar dat boerse bleef hij houden.

Ik was verliefd geworden op de oude man die mijn hand kuste.

Het was maar een blik, het was genoeg.

Toen we weggingen ben ik weer naar Omar Sharif toe gegaan en heb gezegd dat ik deze avond nooit zou vergeten. Hij bedankte me.

En die avond ben ik ook nooit vergeten, aan Peter heb ik zelden meer gedacht, maar aan Omar Sharif altijd.

Ik heb die avond zelfs nog een synopsis geschreven, want ik wilde met hem in een film spelen.

'Een jong meisje ontmoet een oude man, de blikken zeggen alles, ze vertellen van liefde. Het verstand kan nooit zomaar aannemen dat één blik genoeg kan zijn. Maar verstand verslijt met de jaren, terwijl gevoel niet door de jaren kapot is te krijgen. De oude man en het jonge meisje hebben in hun vorige leven een grote liefde gehad maar nooit de mogelijkheid gekregen om bij elkaar te komen, het was een geheime liefde. Hij was de oom van haar man.

Die persoonlijkheden zijn teruggekomen in andere lichamen en in andere tijden. Wanneer deze mensen elkaar treffen voelen ze de zielsverwantschap, zelfs in één blik, want ze hebben elkaar ooit liefgehad.'

Toen ik weer in Nederland was heb ik de synopsis meteen opgestuurd naar een filmproductiemaatschappij.

Ik wilde in een film met Sharif spelen. Dat ik nog nooit in een film had gespeeld kon geen probleem zijn, dacht ik.

Ik kreeg geen antwoord van de filmmaatschappij, en

van de volgende ook niet.

Ik heb het maar zo gelaten.

Het weekend daarna is mijn relatie ook ten onder gegaan. Peter zei dat hij mij dat weekend aan zijn vrienden wilde voorstellen bij een brunch, en dat vond ik zo leuk dat ik heb voorgesteld om die te organiseren. Ik ging naar Harrods om boodschappen te doen. Ik kende Londen niet zo goed, maar Harrods wist ik te vinden.

Het moest een elegante brunch worden, alles moest perfect zijn. Ik had wel tien soorten kaas, jam en salades gekocht. En veel eieren, want ik kende vele soorten eiergerechten voor het ontbijt, had ik van mama geleerd. Ook kocht ik meel, want dan kon ik broodjes bakken. Tot mijn schrik kostten de boodschappen veel meer dan ik in gedachten had, driehonderd pond. Bijna duizend gulden.

Gelukkig had ik een creditcard, en ik stond toch al flink rood dus duizend gulden meer of minder maakte niets meer uit.

Eenmaal thuis bij Peter, kreeg ik in plaats van waardering een soort ontevredenheid.

'Didn't you buy sausages?'

Nee, ik had geen worstjes gekocht, maar wel heel veel andere dingen.

We kregen enorme ruzie over die worstjes. De druppel was toen hij zei: 'En ik dacht dat jij wist wat een goede brunch was.'

Aan tafel kon ik het niet laten om te vragen of iemand de worstjes had gemist. Maar iedereen zat zo vol van alles wat er wel was, dat men zuur keek toen ze het woord 'worstjes' hoorden. Dat gaf mij weer een goed gevoel.

Na de brunch, toen iedereen was vertrokken, wilde ik wandelen. Peter vond het goed en belde zijn vriend op om te golfen. Ik kon niet golfen, dat wist hij.

Hij zei: 'Weet je wat, dan gaan wij golfen en dan kan jij naast ons lopen, dan heb jij gewandeld en ik gegolfd.'

Vier uur duurde de golfwedstrijd. Zijn vriend presteerde het nog om te zeggen: 'Als jij nou de ballen gaat zoeken dan heb jij ook wat te doen.' Ik ben maar ballen gaan zoeken. Eenmaal thuis zei ik dat ik de volgende ochtend weg zou gaan en nooit meer terug zou komen. 'Als dat is wat jij wilt, moet je dat doen,' was zijn antwoord. Ik had geleerd om me nooit meer te laten vernederen, al ben ik nog zo verliefd. Nooit!

87

Een zoen op het voorhoofd betekende trots en respect, op de ogen: genegenheid, op de neus: tederheid, op de wangen: vriendschap, op de lippen: liefde en op de tong: hartstocht. Mijn moeder had me dit geleerd. Ze had me erbij verteld dat ik me pas echt kon geven wanneer ik deze zeven dingen voelde en kreeg.

Mama had mij nooit verteld over de noodzaak van maagdelijkheid. Een keer had ze gezegd: 'Ik zal je niet zeggen dat je maagd moet blijven tot je huwelijksnacht, maar onthou dat er niets mooiers is dan dat je je geeft aan de man waar je echt van houdt. Deze zeven zoenen zullen je helpen om uit te vinden wat je echte gevoel is. Als je ze alle zeven intens voelt, dan moet je er maar serieus over nadenken. De man waarmee je je lichaam en ziel deelt moet heel speciaal zijn. Het liefst één in je hele leven, maar alleen God weet of je hem in één keer zal vinden of niet.

We leven in een maatschappij waar men eerst het lichaam deelt, en aan de geest en ziel voorbijgaat. Men hoopt dat dat later komt. Maar de wet van de natuur zegt: Deel eerst je ziel en dan pas je lichaam. Mensen zijn bang om te delen, bang om lief te hebben, bang om zich te binden, bang om afhankelijk te zijn en vooral bang om gekwetst te worden. Wees nooit bang. Durf te geven en vooral lief te hebben. Het genot van delen is groter dan de pijn wanneer je gekwetst wordt.'

Ik was dertien toen ze me dit vertelde, ik was net ongesteld geworden. Ze begon me al als een vrouw te behandelen.

Alleen, hoe ouder ik werd, hoe meer vriendjes ik kreeg, hoe meer ik zag dat het liefdesspel helemaal niet ging zoals mijn moeder het had verteld. Er werd helemaal niet in de geestelijke zin gecommuniceerd. Men zoende of bedreef de liefde en daarna zag men wel of de geest zich ging ontwikkelen. Ik heb er een tijdje aan meegedaan. Ik zoende en wachtte dan af of er gebeld werd. Dat was stom. Je moet gewoon bellen als je er zin in hebt. Als een man dat niet kan waarderen is hij al niet de ware. Als je niet stuurt, dan word je gestuurd. Het is een keuze.

88

Zij zegt:
Ik zeg: Wat moet ik zonder jouw raad?

Zij zegt:
Ik zeg: Wat moet ik zonder jouw raad?

Zij zegt:
Ik zeg: Ik moet zonder jouw raad!

Maak mij los van woorden en culturen

89

Jeroen Zijlstra heeft voor mij een lied geschreven.

Maak mij los van woorden en culturen
Verlos mij van het liefste dat ik heb
Laat mij toch mijn eigen leven sturen
Laat mij een spin zijn in mijn eigen web
Laat mij gaan opdat ik kan ontdekken
Dat ik mezelf ben los van wat jij wil
Laat mij mijn eigen benen strekken
Laat mij geliefd zijn dankzij het verschil
Maak mij los van alle misverstanden
Verlos mij van het ergste dat er is
Geef mij toch mijn eigen hart in handen
Laat mij een vrouw zijn waar niks mis mee is
Laat mij los dan kan ik pas geloven
Dat alles klopt en liefde duurt het langst
Een zoekend hart komt elk verschil te boven
Ik zal een vrouw zijn, een vrouw zijn zonder angst

90

Ik moest een keer loskomen van mijn moeder, haar woorden zijn wel wijs, maar vaak blijven het maar woorden.

Ik moet mijn eigen weg vinden en die op mijn eigen manier gaan. Wanneer ik verdwaal zal ik aan mijn moeder denken, maar er is altijd een tijd van afscheid. Ze zal voortleven in mijn hart en mijn ziel, maar haar levensopvatting hoeft niet meer de mijne te zijn.

91

Ik wilde columns schrijven voor de VPRO. Met de columns die ik schreef voor Radio NPS, stapte ik naar Wim. Ik kreeg van hem een kans, zo is mijn schrijftocht begonnen. Een jaar later stapte ik naar *Het Parool.* Mijn liefde voor *Het Parool* ontstond door Ischa. Ik was ooit in zijn programma geweest en hij had een column geschreven over mijn flaporen en mijn grote neus en belde om dat te zeggen. Door zijn columns begon ik *Het Parool* te lezen, en voordat ik het wist werd het mijn lievelingskrant. Alleen al het feit dat het vroeger een verzetskrant was sprak me zeer aan. Maandenlang heb ik gebeld, mijn columns gestuurd en gewacht. Na zeven maanden gewacht te hebben, belde ik en vertelde dat ik het stijlloos vond dat ik nog niets gehoord had. Maar ze waren bezig met een reorganisatie, er kwam een nieuwe hoofdredacteur en die zou het uiteindelijk bepalen.

Na twee maanden werd ik gebeld door de nieuwe hoofdredacteur, Matthijs van Nieuwkerk. Ik mocht komen voor een kennismaking. Hij was een sympathieke jonge man, en gaf me als opdracht om een nieuwe column te schrijven. Dat deed ik. Na twee weken had ik nog niets gehoord daarover, maar wel een uitnodiging gekregen voor de opening ter gelegenheid van het nieuwe gezicht van *Het Parool.* Het was in de Stopera. Ik dacht, ik ben het zeker niet geworden en deze uitnodiging zal wel een troost zijn. Ik ging erheen, en liep tussen al die mensen een beetje verdwaald rond. Matthijs verscheen op het podium en hield een toespraak. Hij eindigde met de zin: 'Dan is nu het moment daar om onze nieuwe columnist te onthullen.' Ik werd helemaal warm vanbinnen en mijn hart ging harder kloppen. Ik dacht ooh mijn God, het is niet waar, dat ben ik, geen wonder dat ze niets zeiden want ze wilden me natuurlijk verrassen... en toen zei Matthijs de naam van de nieuwe columnist: 'Freek de Jonge'...

Ik voelde mezelf rood worden. Ik geneerde mij voor mijn eigen gedachte, gelukkig had ik het tegen niemand gezegd, gelukkig was het alleen een gedachte in mezelf. Ik kreeg zweetdruppels op mijn rug en durfde niemand aan te kijken.

Dit was het dan, dacht ik, ik ben het dus niet geworden. Ik had het in ieder geval geprobeerd. Ik ging naar Matthijs om hem mijn complimenten te maken over de nieuwe krant 'Morgen sta jij erin hè?' zei hij. 'Waarin?' vroeg ik stomverbaasd. 'In de krant natuurlijk.' Wat een randdebiel is dit, moet hij gedacht hebben. 'Wist je dat niet?' vroeg hij. Nee, dat wist ik niet, maar ik was wel erg blij. En vanaf 29 augustus 1997 schrijf ik elke week in *Het Parool.*

92

In 1996 mocht ik in de Kleine Komedie staan, toen ik nog deel uitmaakte van het duo Turkish Delight.

De Kleine Komedie had ons geboekt voor een cabaretestafette. Als een kind zo blij was ik, het gaf mij het gevoel dat we erbij hoorden, al wist ik niet precies waarbij.

Maar voordat het zover was, werd de boeking geannuleerd met de mededeling: 'Het is toch nog te vroeg voor jullie.'

Pijnlijk was het.

Maanden later werden we als duo uitgenodigd bij het Kartoon Festival in Eindhoven, als gast aan tafel om over humor te praten. Samen met anderen. Voordat we aanschoven werden de tafelgenoten aan elkaar voorgesteld. Een grijze man met een klein brilletje en een sympathiek ogend hoofd glimlachte warm en zei: 'Ik ben Harry Kies.' Zijn naam zei mij helemaal niets. Hij zei: 'Ik ben de man die ervoor gezorgd heeft dat jullie niet in de Kleine Komedie gingen optreden.' Er rinkelden allerlei bellen in mijn hoofd. Ik vroeg hem: 'Maar waarom?'

'Ik vond dat jullie nog niet genoeg talent hadden voor de Kleine Komedie en dat heb ik toen verteld, vandaar.'

'Maar hebt u ons ooit zien optreden?'

'Ja, bij de voorrondes van het Leidse Cabaretfestival, en dat was niet veel soeps, ik was de voorzitter van de Leidse jury, vandaar dat jullie toen ook uitgeselecteerd zijn bij de eerste ronde.'

Het was duidelijk, die man vond ons slecht, en het was zeer zeker geen vriend, maar hij was wel recht voor zijn raap en goudeerlijk. Een leuke eigenschap, maar het was niet leuk om te horen. Het gaf je een deuk in je vertrouwen dat je talent had. Aan tafel kon ik het niet laten om hem bij iedere zin te pesten, het publiek vroeg zich vast af waar dit cynisme vandaan kwam. Uiteindelijk heb ik het gewoon aan het publiek verteld.

Men zag er de humor wel van in en zelfs Harry moest lachen.

Bij het vertrek zei hij met een glimlach: 'Misschien heb je toch wel talent...'

Dat was dan mijn troost. 'Misschien,' zei ik.

Telkens wanneer ik naar de studio van de VPRO-radio reed om mijn column voor te lezen voor het programma *De Avonden*, kwam ik langs de Kleine Komedie. Daar zag ik dan namen van grote cabaretiers staan. Ik bewonderde die grote letters waarmee de naam weergegeven werd aan de buitenkant van het theater boven de entreedeur. Ik voelde elke keer een steek van verdriet dat ik ooit geboekt was en weer geannuleerd, ik was niet Kleine-Komediewaardig bevonden.

Vier jaar later kwam ik met mijn soloshow: *Wat zeg ik?* Ik had een lunchvoorstelling in Bellevue in het kader van een multicultureel festival. Er kwamen negen mensen opdagen. Ik moet eerlijk zeggen dat ik tijdens mijn middagpauze ook eerder liever lekker zou gaan eten. Ik kwam op en zag die negen man en had het heel zwaar. Een stem in me zei: ik ga het snel afraffelen, dan ben ik gauw klaar, maar een andere stem zei: 'Nee Nil, ieder die er zit heeft voor je betaald en nu moet je ook hun geld waard zijn, juist omdat zij de moeite genomen hebben.' Ik denk dat dat de stemmen van de duivel en de engel in mij waren. Ik luisterde naar de engel, goddank, want na de show hoorde ik dat tussen de negen mensen de directeur van de Kleine Komedie zat.

Wel baalde ik even dat hij juist op de dag was gekomen dat er zo weinig publiek was.

Een week later hoorde ik van Mojo dat hij mij had geboekt voor september, en dan niet voor één maar voor vijf dagen.

Ik vroeg me af of hij dat had gedaan omdat hij allochtonensubsidie kreeg.

Toen ik op de grote dag voor het theater stond heb ik tien minuten naar mijn naam gestaard op de gevel. Het stond er met grote letters, zelfs de umlaut op de u was niet vergeten.

Op het moment van mijn optreden vond ik het wel een beetje eng. Ik had maar op één ding gehoopt sinds de boeking; dat ik niet hoefde te spelen voor een lege zaal. Dat zou ik zeer genant vinden tegenover de directeur.

Voordat ik ging optreden wilde ik toch aan hem vragen of hij mij had geboekt omdat hij subsidie kreeg. Hij moest lachen en zei: 'Nee, ik boekte je omdat ik je show goed vond.' Een leuker antwoord kon ik me niet voorstellen.

Het was uitverkocht.

93

Twee maanden heb ik hier gezeten, in het kleine vissersdorpje Dalyan. Ik heb vele vissers ontmoet, die leefden met de theorie: 'Als de dingen anders zijn dan mijn wil, dan pas ik mijn wil aan aan de dingen zoals ze zijn.' En ze zijn gelukkig. Ik heb mijn verleden opgegraven. Soms was het moeilijk, maar het gaf voldoening om te vertellen hoe het ook al weer was. Vandaag is een stukje gisteren, en je verleden mag je nooit vergeten, misschien juist er iets uit leren.

In het kleine pensionnetje 'Beyaz Gül', ben ik twee maanden lang vertroeteld. Ontroerend om te zien hoe de obers en Hatice, de dochter van de eigenaresse, elke ochtend mijn koffie naar me brachten zonder geluid te maken, om mij maar niet te storen tijdens het tikken. Er waren momenten dat Hatice me zag huilen en bij me kwam zitten, met haar kleine groene kraaloogjes die ook gevuld werden met tranen. En ze vroeg mij wat ik nou allemaal schreef. Ik vertelde het haar en zo durfde ze mij te vertellen wat er allemaal door haar heen ging. Ze was vijftien, de leeftijd die ik had toen ik er alleen voor stond, maar zij had ook al veel meegemaakt voor haar leeftijd. En zo had ieder een boek in zich over het leven.

Er is een pad dat het lot heet maar op dat pad maak je wel je eigen keuzes.

Dankwoord

Er zijn momenten dat iemand iets voor je doet wat je zeer waardeert, en waarvoor je ook dankbaarheid voelt in je hart en ziel. Dat zijn van die momenten waar het woord dankjewel tekortschiet.

Hoe bedank je iemand die in je leven een belangrijke rol heeft waarvoor je altijd dankbaar zal zijn?

Om te beginnen wil ik mijn moeder bedanken, voor al de liefde en wijsheden die ze me heeft gegeven. Ik heb zoveel liefde gekregen in vijftien jaar dat het genoeg is voor de rest van mijn leven om die liefde door te geven.

Er is niet één, maar vele mensen die voor altijd in mijn hart zullen blijven uit dankbaarheid en uit liefde.

Ik wil mijn familie bedanken, Mehmet Altin, die ervoor gezorgd heeft dat mijn definitieve afscheid van mijn moeder toch vredig was; mijn tante Ayhan Altin, die de rol van mijn moeder heeft overgenomen en altijd voor mij klaar heeft gestaan; mijn nichtjes, Figen, Kadriye, Saliha; mijn zus Nihal en mijn broer Nihat, voor hun steun, hoe dan ook, wanneer dan ook.

Zuster Teresina, die er altijd was; Lisette, een ware vriendin in al mijn slechte tijden, en haar ouders, die de helpende hand hebben geboden wanneer mijn vader zijn hand terugtrok.

Wim Noordhoek, die mij heeft leren schrijven.

Thomas Verbogt, een vriend uit duizenden, eigenlijk zou iedereen zo'n echte vriend moeten hebben. Voor al zijn adviezen en steun, sowieso in mijn leven, maar vooral ook bij het tot stand komen van dit boek. Om eerlijk te zijn heb ik me een beetje vergist in het schrijven van een boek, ik dacht 'och, ik schrijf elke week een column van negenhonderdvijftig woorden, een boek van zeventigduizend woorden lukt me wel.; Maar dat viel tegen, ik vond het heel moeilijk om alles op een rij te zetten, zelf heb ik ze ook niet echt op een rijtje namelijk...

Thomas heeft me de lijn laten zien.

Elik Lettinga, die in haar vrije tijd in een megasnelheid – want ik was zoals gewoonlijk weer te laat met inleveren – alles op alles heeft gezet om het boek toch zo goed mogelijk te redigeren, wat niet makkelijk was, want ik schijn bizar foute zinnen op te bouwen, en ga dat maar eens opnieuw bouwen...

Mijn vriend Mark Koudijs, die eeuwig in mijn hart zal blijven, hij heeft me de liefde en het geduld gegeven waar ik al die jaren naar heb gehunkerd.

En zijn ouders, mevrouw en meneer Koudijs, die mij het thuisgevoel hebben gegeven.

Leoni Jansen, die mij heeft geleerd op het podium mijn leed te durven uiten. Als niemand zijn leed durft te uiten, leren we nooit van elkaar. 'Durf te geven, je hebt zoveel te geven,' waren haar woorden toen ik mijn eerste try-out deed voor mijn programma *Wat zeg ik?* In het begin was durven heel moeilijk, maar hoe meer ik merkte dat het publiek het waardeerde en geprikkeld raakte, hoe meer ik durfde, totdat ik zelf ontdekte dat een stukje blootgeven een ander ook in staat stelt om zich te uiten, waardoor ik uiteindelijk heb gedurfd dit boek te schrijven.

Rik Felderhof, die mij met een paar woorden heeft weten te inspireren hoe ik een begin en een eind moest geven aan mijn verhaal.

Mijn uitgeverij, De Arbeiderspers en Rob Haans, om toch maar het vertrouwen te hebben in mijn verhaal en het ook nog eens te publiceren. Janine van der Kooij voor haar aanwijzingen en vragen bij het tot standkomen van het boek, Moniek de Zeeuw en Daniëlle Bronsgeest voor de promotie.

Marianne Sandberg, die mij het ultieme moedergevoel geeft en Steven Sandberg die mij aan haar heeft voorgesteld.

Mijn naaste vrienden Eva, Esther, Silvester, Gaby en Barbara, die altijd alles aanhoren en altijd daar zijn.

Mijn vroegere hospita, mevrouw de Jong, en meneer de Jong, voor het begrip in de maanden dat ik niet mijn huur kon betalen.

Feriha Akin-Wegter die mij als een moeder en tante heeft bijgestaan.

Jeroen Zijlstra voor al zijn teksten.

Onno Krijn voor al zijn composities.

Mojo, dat is George en Bea Visser, die mij overal boeken in theaters en zorgen dat alles toch nog goed komt. Judith Boudri die ervoor zorg draagt dat de theaters vol komen, en Saskia van Ravenstijn voor de boekingen.

Het personeel van Beyaz Gül, Hatice en de eigenaresse mevrouw Resmihan. Gerard en Els, die mij hun tafel hebben afgestaan.

Ieder die in mijn leven is geweest of is en mij heeft geprikkeld, geïnspireerd en mij iets heeft geleerd.

Verder is mijn dank voor de macht van de natuur, God, die mij de kracht, gezondheid en verstand heeft gegeven om te zaaien wat ik nu mag oogsten.

Güngör Baran-Yerli

Recepten van mijn moeder

Dolma's (Gevulde paprika's)

150 gram rundergehakt
2 kopjes rijst
1 ui, fijngehakt
1 bosje peterselie, fijngehakt
half kopje olie
peper en zout naar wens

Dit alles samen kneden, de paprika's (kleine Turkse paprika's) vullen met dit mengsel, de paprika's sluiten met een klein stukje tomaat. In een pan naast elkaar leggen. In een schaaltje 1 kopje olie, 1 el. tomatenpuree, 1 tl. zout en 2 glazen water mengen en dit geheel over de paprika's gieten. Halfuurtje op het vuur en het is klaar om op te eten!

Su Boregi (Waterbroodjes)

6 eieren
2 el. zout
3 volle glazen bloem

Dit alles goed kneden en een uur laten rusten in de koelkast.
Daarna van het deeg twaalf kleine bolletjes maken en iedere bol platrollen met een roller, tot je een dun deeg hebt. In een pan veel water met zout aan de kook brengen; wanneer het water kookt, één voor één het deeg één minuut koken, op één na.

Een bakplaat invetten met olie, eerst deeg ongekookt erin leggen, daarna nog vijf laagjes gekookt over elkaar heen. Na de zesde laag de vulling erover strooien, en dan weer zes gekookte laagjes. De oven in voor 45 minuten. Oventemperatuur 175°C.

De vulling: gehakt rul braden tot het goed bruin is, fijngehakte peterselie meebakken; of fetakaas met peterselie (niet bakken).

Turkse broodjes

1 pakje margarine
1 zakje gist
2 eieren, 1 eigeel bewaren
1 el. yoghurt
2 volle melkglazen bloem
1 el. olie

Dit alles kneden, 1 uur laten rusten.
Vervolgens rondjes maken, de grootte van een melkglas op de ene helft van het rondje vulling leggen, de andere lege kant eroverheen dichtdekken, met eigeel besmeren, sesamzaad erover strooien. Veertig minuten in de oven op 175°.

Vulling: gebraden gehakt en peterselie of verse spinazie met geraspte kaas en een beetje olie of fetakaas met peterselie.

Preischotel

4 stengels prei in ringen
5 kleine wortels
1 kopje rijst
1 citroen
half bosje peterselie
2 kopjes olie
peper en zout naar smaak

De olie verhitten, wortels bakken, 10 minuten, prei erbij voegen; 1 melkglas met water erbij doen en de rijst; dit geheel 15 minuten laten koken. Daarna sap van een hele citroen erover gieten en nog vijf minuten meekoken. In een schaal doen en verse, fijngesnipperde peterselie erover strooien.

Karniyarik

4 kleine aubergines
gehakt (250 gr)
2 uien, fijngesneden
2 geperste knoflookteentjes
1 bos peterselie, fijngehakt
2 paprika's, in kleine blokjes gesneden
3 tomaten, ontveld en in kleine blokjes gesneden
olie, kwart kopje
1 theelepel zout
1 theelepel zwarte peper
1 ½ eetlepel tomatenpuree

Vulling: gehakt rul braden, met vork fijnstampen, vervolgens uien en de knoflook bijvoegen en meebakken, daarna de paprika's een beetje meebakken en dan de tomatenpuree erbij voegen voor vijf minuten. Wanneer het geheel gaar is de verse tomaten en de peterselie erbij voegen, zout en zwarte peper en een kopje water; dit geheel nog vijf minuten op zacht vuur meebakken.

Aubergines: schillen, streepje om streepje, als een zebra, in het midden van de buik een dunne snee maken, en dan bakken in veel olie. Wanneer de aubergine verkleurt naar lichtbruin eruithalen, op een servet de olie uit laten lekken en dan de aubergine vullen met het gehaktmengsel.
In een kom een sausje maken van 2 el. olie, 2 el. tomatenpuree, 1 theelepel zout en een vol glas water, dit sausje over de aubergines gieten, en dan 25 minuten in de oven (175°C).

Dit gerecht is te combineren met rijst of gewoon met Turks brood en een groene salade.

Gebakken rundvlees

Een kilo runderpoulet
250 gr. echte boter

In een pan op zacht vuur bakken zonder boter of olie, gewoon in zijn eigen vet gaar laten koken (een leuk gezegde), met flink wat zout.
Nadat het vlees zijn vocht heeft verloren, ongeveer na 45

minuten, een heel pak echte boter toevoegen, dit geheel samen nog een halfuur meebakken. Het vlees valt uitelkaar, als het goed is.
Met rijst en salade eten.

Groenteschotel

lamspoulet
knoflook
olie
1 courgette
1 aubergine
1 paprika
4 teentjes knoflook
peterselie
2 grote vleestomaten

Een ovenschaal inwrijven met knoflook. Het vlees erin doen, champignons erop, wortels, paprika's, courgettes, aubergines, knoflook en peterselie laag om laag op elkaar stapelen. De bovenste laag met tomaten en peterselie bedekken, een melkglas olie over dit alles gieten en een kopje water. Met foliepapier de schaal bedekken, halfuur in de oven op 175°.

Garnalenkroketjes

250 gram Hollandse garnalen
peterselie
1 citroen

champignons
sjalotjes
visbouillon
roomboter
2 el. bloem
eiwitten

Vulling: garnalen bakken met sjalotjes en fijngehakte champignons en peterselie, dit alles goed bakken, daarna het sap van 1 1/2 citroen erover gieten.

Ragout: 150 gram echte boter smelten, 2 el. bloem in de gesmolten boter strooien, goed mengen en de warme bouillon er lepel voor lepel in gieten en glad roeren. Ik heb dit wel tien keer geprobeerd en de eerste acht keer is het gaan klonteren, het geheim is geduld! Wat mijn moeder had en ik niet echt...
Uiteindelijk wordt het een soort pap, gladde pap.

Wanneer de ragout af is de vulling erdoorheen roeren.

Dit alles laten afkoelen, daarna in de koelkast.

Als het koud is, telkens 1 eetlepel eruit scheppen en in kroketvorm rollen. In het eiwit leggen en vervolgens door de paneermeel rollen.
Dit een dag in de koelkast bewaren, vervolgens bakken in olie.

Mijn moeder zei altijd: 'Vergeet niet een lepeltje liefde toe te voegen aan elk gerecht dat je klaarmaakt.'

Afiyet Olsun! Eet smakelijk!

Haarmasker

1 kopje yoghurt, half kopje honing, 2 eieren, 1 kopje olijfolie.

Dit alles door elkaar klutsen.
In het haar smeren, plastic folie eroverheen en daaroverheen aluminiumfolie. Halfuur in laten trekken en dan spoelen met lavendelbouillon: 2 bossen lavendel, een uur lang in water gekookt. Dit zorgt ervoor dat de geur van ei en yoghurt verdwijnt, en geeft extra glans aan het haar; tevens voedt het de poriën van de hoofdhuid.
Daarna goed uitwassen met shampoo.